# 12音のブックトーク

こまつあやこ

あかね書房

# 1　朝独《アサドク》の六百秒

この六百秒が終わらなければいいのに。

中学に入学して以来、わたしは毎朝そう思っている。

だってこの時間の教室は、誰《だれ》もしゃべらない。誰《だれ》も動かない。

でも終わってしまえば、六つの授業、給食、掃除《そうじ》のフルコース。

わたしは、おとなしくていい人っていう猫《ねこ》をかぶらなくてはいけない。

おまけに今日は一時間目から教室移動がある。

音楽室までの道のりを一人ぼっちで移動することになるかも。それを想像すると、ガタガタのつり橋を渡《わた》るみたいに足がすくんでしまう。

「はい、朝読書の時間だぞー。みんな本は用意したか？　集中しろよー」

八時三十五分。キーンコーンと小学校のときと同じチャイムが鳴ると、小池《こいけ》先生

が教室の生徒たちに声をかけた。

五月の連休が終わった頃《ころ》から、この時間に居眠《いねむ》りをする強者《つわもの》も現れ始めた。みんな入学からひと月が経《た》って、そろそろ中学にも慣れてきたみたいだ。

猫《ねこ》かぶり生活を送るわたしは、ちっとも慣れてないけど。

心のなかでそうつぶやいて、わたしは淡《あわ》い水玉模様の表紙の本を開く。

四月の終わりに学校図書館(新入生ガイダンスで、図書室のことをそう呼ぶんだって聞いた)でジャケット借りしたこの小説のタイトルは、『ことだまメイト』。ある言葉で結ばれた二人っていう意味。

日本全国、誰《だれ》でも世界のどこかにたった一人、〝ことだまメイト〟がいるっていうのが、この物語の設定だ。

その存在に気づかず一生を終える人がほとんどなんだけど、なかには出会ってしまう人もいる。

ううん、出会うどころか、入れ替《か》わってしまうのだ。

その条件は、まったく同じ日に、まったく同じ願いごとの言葉を書くこと。

どんな言葉で入れ替《か》わるかは、ペアによってさまざまだ。

ただ一つ決まっているのは、十二音の言葉だということ。

日本では大昔から和歌が伝わってきたように、五と七の組み合わせに不思議な力が宿っているらしい。

そういうわけで、この物語は、偶然《ぐうぜん》にも同じ願いごとを書いたために入れ替《か》わってしまうペアたちの全十一章の連作短編集だ。

いいなあ……。

第十一章の物語（陸上選手と動物園の飼育員のペア）を読みながら、わたしはふうっと息を吐《は》いた。

これは小説で現実にはありえない出来事だって分かってるけど、うらやましくなってしまう。

本のカバーによると、作者は井馬《いま》ここっていう高校生作家。この作品がデビュー作らしい。

わたしも誰《だれ》かと入れ替《か》われたらいいのに。

たとえば、と見渡《みわた》してみたとき。朝読で静まっていた教室に、色でいえばオレンジみたいな明るい声が響《ひび》いた。

「ねえ、イケちゃんはいつも何読んでるの?」

矢田《やだ》さんだ。クラスの女子の中心グループにいて、言いたいことをはっきり言える人。

もしも矢田さんと入れ替《か》われたら、わたしだって気軽に先生に話しかけることもできるんじゃないかな。

「おれ?　先生はまあ……大人の教養の本、かな」

小池先生はあごをさわって、はぐらかしている。

「えー、何なに?　ねえ、ブックカバー外して見せて」

「ダメ」

「やっぱ。生徒に隠《かく》すような教養ってこと?」

矢田さんが、クラスを見回すと、みんなの目がいたずらっぽく輝《かがや》いた。

しぶしぶ小池先生が書店のカバーを外す。

「……コレだ！」

開き直った小池先生が腕《うで》を伸《の》ばして突《つ》き出したのは、『できる男の筋トレガイド』。

小池先生は細身で色白。……ちょっとギャップある、かも。

「イケちゃん、かわいいーっ」

そう手をたたく矢田さんに続いて、あちこちの席から声が上がる。

「筋トレしたら彼女《かのじょ》ができるかもね！」

「オレの兄ちゃんのプロテインドリンクあげよっか」

「あのなあ、先生をおちょくるんじゃない」

二十四歳《さい》の小池先生は、教師らしさを演じるみたいに腕組《うでぐ》みで顔をしかめたけれど、目は怒《おこ》っていない。

矢田さん、すごいな。いつもこんな風に自由に発言して、クラスの雰囲気《ふんいき》を自在に操《あやつ》ってしまう。

猫《ねこ》をかぶったわたしのキャラじゃ、とてもマネできない。

だって……中学生活のスタートに失敗してしまったから。

跳《と》び箱《ばこ》や幅跳《はばと》びみたいに、中学生活でもきっと助走は大切だ。

わたしは助走で完全に転んでしまったんだ。しかも、その一歩目で。

小学校の卒業式の日。

体育館での式が終わると、教室で卒業アルバムをもらった。寄せ書き用の白いページをみんなで書き込《こ》み、仲よしグループ五人で「ずっと友達だよね！」と誓《ちか》い合ってから教室を出た。

「五人で小学校から帰るのも、今日が最後だね」

廊下《ろうか》でわたしがそう言ったときだった。

「うん？　あー……」

のっち、舞香《まいか》、ゆきぽん、ナナちゃんが、急に目くばせしあった。シラジラしいっていうのかな、何だか違和感《いわかん》があった。

でも、ここではまだ何も分かっていなかったんだ。

校門の前では、紺色《こんいろ》やクリーム色の似たようなスーツを着たたくさんのお母さんたちがおしゃべりしながら待っていた。うちのお母さんはいないけど。

うちのお母さんは式だけ出席して、「午後から仕事だから」と、飛ぶようにホテルに向かった。わたしの両親は共働きで、お母さんは若いころからホテルスタッフをしてるんだ。

のっちたち四人のお母さんたちも待っていて、「こっちこっちー」と手を振《ふ》ってきた。

「校門の前で写真撮《と》ってあげる。そしたらすぐ移動しましょ。予約の時間があるから。はい、そこ並んでー」

「移動？　予約って？」

わたしには、のっちのお母さんの言葉の意味がよく分からず、のっちに尋《たず》ねた。

「うん、まあ……」

「用があるっていうか」

のっちもゆきぽんも歯切れが悪い。

すると、舞香ちゃんが開き直ったように言った。

「あたしたち、これからご飯食べに行くんだ。ママたちが連絡《れんらく》取って約束したみたい」

「え」

いつのまに、そんな約束。

うちのお母さんは何も言っていなかった。わたしに伝え忘れちゃったのかな。

そう思ったから、言った。

「じゃあ、わたしも行っていい？」

休み時間の校庭遊びに参加するときみたいに、何気なく。

でも、次の瞬間《しゅんかん》、みんなが見せたのは戸惑《とまど》いの表情だった。

「ねえ、ママ……。初奈《はつな》ちゃんも一緒《いっしょ》に行きたいって」

「ハツナちゃんって？　仲いいの？」

「うん、わりと。ていうか、一応同じグループ」

「ええっ？　そうなの？　もう、もっと早く言いなさいよ。レストランの人数変更《へんこう》できるかしら。コース料理を頼《たの》んじゃったから」

のっちのお母さんは慌《あわ》てた様子で、キラキラのラインストーンの付いたハンドバッグからスマホを取り出した。

何かわたし……空気読めないこと言ったかな。

「沢下《さわした》初奈ちゃん、よね？」

そう話しかけてきたのは、ゆきぽんのお母さんだった。

「お母さん、お仕事忙《いそが》しいんでしょ？　保護者会にほとんどいらっしゃらないから、連絡先《れんらくさき》が分からなくて。お誘《さそ》いできなくてごめんなさいね」

わたしは、何も言葉を返せなかった。

うちのお母さんはフルタイムで働いてるし、夜勤もある。もし、ちゃんと小学校の行事に出席していたら、わたしも食事会に誘《さそ》われたのかな。

バカ。バカバカバカバカ！

だけど。お母さんへの怒《いか》りが込《こ》み上げる一方で、それだけじゃないとうっすら気づいていた。

のっち、舞香、ゆきぽん、ナナちゃん。みんなはきっと今日の食事会のメンバーを知っていたはずだ。

『初奈ちゃんも呼ぼうよ』

どうして誰《だれ》も親にそう言ってくれなかったのかな。

みんな、わたしがいない方がよかった……？

「レストラン、人数変更ＯＫ《へんこうオーケー》ですって！」

のっちのお母さんが、まるでお手柄《てがら》のようにスマホを高く掲《かか》げた。

「よかったね、初奈ちゃん」

「一緒《いっしょ》に行こう」

のっちが笑い、ナナちゃんが肩《かた》をさわってきた。

「行かない！」

体じゅうにトゲを張るように、わたしは突《つ》っぱねた。みんなの顔は、涙《なみだ》でぐにゃぐにゃに歪《ゆが》んで見えた。

だって呼ばれてない場所に行くなんて。

まるで眠《ねむ》り姫《ひめ》の誕生パーティーに招かれなかった悪い魔女《まじょ》になった気分だ。

わたしは仲間に入ってない。

仲良しだと思ってたのに。中学校でも、みんながいるから大丈夫《だいじょうぶ》って信じてたのに。記念写真を撮《と》るなんて冗談《じょうだん》じゃない。わたしはその場から駆《か》け出した。歩道の桜の花びらを踏《ふ》みつぶしながら。

「マジで最悪！」

その夜、仕事から帰ってきたお母さんに泣きながら話すと、

「あら、そうなの？ そんなに落ち込《こ》むことないわよ」

返ってきたのは、しれっとした反応だった。

「は？ そんなのお母さんが言える立場じゃないでしょ！ お母さんが、他の親たちと人付き合いしなかったせいだよ。保護者会とかちゃんと来てれば、誘《さそ》われたはずだもん」

嚙《か》みつくわたしに、お母さんは一瞬《いっしゅん》の間をあけ、

「まあ、そうかもしれないけど。でも、中学に入ったらリセットでしょ。新しい友達を作ればいいじゃない」

仕事用のお団子ヘアを解きながら言った。

中学は、私立に通うゆきぽん以外の三人と同じ、地元の中丘第三中学《なかおか》（略してナカサン）だ。

いっそクラスが別だったら、まだ気持ちをリセットできたかもしれない。

でも。結果は、のっちと舞香の二人と同じ一年B組《ビー》。

B組《ビー》三十二人のうち、女子は十五人。

のっちと舞香ペアはクラスメイトにどんどん話しかけて、ほんの数日で六人の女子グループに成長した。

その反面わたしは……。

どうやってクラスメイトと接すればいいのか分からなくなってしまった。

小学校のときと同じ「わたし」じゃ、また知らないうちに仲間外れにされるかもしれない。

でも、どこがいけなかったの？　何を変えればいいの？

どうすれば、みんなから好かれる沢下初奈になれるんだろう。

分からない。分からない。分からない。

中学に入って最初の週末、そんな曇《くも》った気持ちを抱《かか》えたまま、一人で近所をふらふら歩いていた。何となくショッピングモールの雑貨屋さんに入った。ワンコインでも買えるアクセサリーがひしめく店内は、中高生の女の子たちで賑《にぎ》わっている。

そんなとき、ふと目に留まるものがあった。黒の猫耳《ねこみみ》カチューシャだ。パーティーグッズかな。フワフワの毛の素材で、両耳の間に、赤いチェックのリボンが付いている。

かわいい……。

知り合いがいないか、さっと辺りを見回して、わたしはそっとかぶってみた。お店の壁《かべ》に備え付けの小さい鏡に自分を映してみる。

意外と……悪くない。

これがホントの「猫《ねこ》をかぶる」ってやつじゃん。ふと、そんな言葉を思い出した。そうだっ。夜の猫《ねこ》の瞳《ひとみ》みたいに、わたしはキランとひらめいた。教室でも猫《ねこ》をかぶればいいんだ。

笑顔《えがお》で、おとなしく、いつもいい人でいよう。そうすればきっと嫌《きら》われない。もし嫌《きら》われたとしても、「これは本当のわたしじゃない」って自分に言い聞かせれば傷つかないですむ。

ナイスアイディア！

ひらめいた記念に、わたしは思いきってカチューシャをレジに持って行った。財布《さいふ》のなかに五百円玉が一枚あることをちゃんと確認してから。

でも。翌日からの猫《ねこ》かぶり生活がうまくいっているとは言い難《がた》い。

かろうじて、クラスで一番おとなしいペア、陣内《じんない》さんと川本《かわもと》さんの仲間に入れてもらってるって感じ。

二人は小学校からの仲良しで、部活はそろって漫画《まんが》部に入ったみたいだ。休み時間、わたしから話しかければ仲間に入れてくれるけど、陣内さんや川本さんがわたしの席に来てくれることはほとんどない。

二人みたいにマンガやアニメに詳《くわ》しくないからか、わたしが行ったとたん、パタッと会話をやめてしまうこともある。

教室移動だって、わたしが「一緒《いっしょ》に行こう」と言わなければ、二人は先に行っちゃうし。

何だか、カップルに割り込《こ》んでいるお邪魔虫《じゃまむし》の気分だ。

そんなわたしが、唯一《ゆいいつ》心配せずに過ごせる時間が、朝読の十分間。

小学校のころも朝読の時間はあったけど、わたしはもともと「本が大好き！」なんてキャラじゃない。

でも、今のわたしにとっては、安心して一人でいられるわずかな時間だ。

朝読っていうか、朝独《アサドク》の六百秒。

この〝独〟は、全然さみしくなんかない。着席して本を開く時間は、みんな独り。

だから、わたしは猫《ねこ》をかぶらなくてすむ。

十分を六百秒って置き換《か》えているのは、何だかその方が時間がたっぷりあるような気になるから。

この六百秒が終わってしまえば、わたしはまた見えない猫《ねこ》をかぶって一日過ごす。

息苦しくて全然うまくいかないよ。

ああ、ついに読み終わっちゃった、『ことだまメイト』。

第十一章の終わりに辿《たど》り着いたわたしは、何だか名残りおしい気持ちで最後の白いページをめくった。

裏表紙の手前には、見返しっていうのかな、少し厚くてきれいな水色のページが付いている。

ふと、その水色のページの右上に、鉛筆《えんぴつ》の書き込《こ》みがあることに気がついた。

Dear《ディア》 Hatsuna《ハツナ》

I'm《アイム》 here《ヒア》.

えっ？　ドキッとする。

ハツナって……。

まさか、わたしのはずない。だって、これは学校図書館でたまたま見つけて借りた本だし。

誰《だれ》かの落書きだとは思うけど、わざわざ消さなくてもいいよね。

「そろそろ、朝読ノートつけてー」

教室の時計が、八時四十四分を指すと、今日も小池先生が指示をした。朝読は、残り六十秒。

うちの中学では、朝読ノートというものがある。ノートといっても、読んだ本のタイトルやページ数をメモする簡単なもの。時間に余裕《よゆう》があれば、一言コメント欄《らん》にも記入する。

「イケちゃんも筋トレガイドの記録つけてね」

矢田さんが髪《かみ》をいじりながら言った。

ああ、もう朝読が終わってしまう。そしたらすぐに音楽室への移動だ。急いでリコーダーを用意して、陣内《じんない》さんと川本さんのところに行かなくちゃ。置いて行かれる前に……。

ページをメモしたわたしは、何となく、一言コメント欄《らん》にシャーペンを走らせていた。本の内容とは関係ない、わたしの今の気持ち。

『もう猫《ねこ》をかぶりたくない』

米粒《こめつぶ》ほどの大きさでそう書いたときだった。

キラッ！　鏡ごしに見てしまった太陽みたいなまぶしさを感じて、思わず目を閉じた。

やば。

ぐらんとめまいがして、しがみつくように机の両端《りょうたん》をぐっとつかむ。

何これ……。

まぶたの外の光が収まり、わたしはそっと目を開いた。

机の上には、さっきまで読んでいた『ことだまメイト』。何だったんだろ、今の。

あれ？　でも、朝読ノートがない。

落としたのかな。教室のフローリングを見て「へ？」と驚《おどろ》いた。

床《ゆか》の色がちがう。グレーのタイルだったはず。だけど、今わたしの目に映るのは、明るい茶色だ。

それに、周りの生徒たちの上履《うわば》きの種類もちがう。

どういうこと？　顔を上げたとき、はっと息を飲んだ。

どこ、ここ⁉

目の前にあるのは黒板じゃなくて、ホワイトボード。教卓《きょうたく》で筋トレ本を読んでいた小池先生はいなくて、その代わりに細いフレームの眼鏡をかけた女性がいる。

それに、周りの生徒たちの制服がちがう！　矢田さんは……いない。陣内さんたちは……やっぱりいない！

見ず知らずの生徒たちが、それぞれ本を開いている。

何これ何これ。

ドッドッドッと心臓がその存在を主張する。

きっと、夢だ。昨日ちょっと動画を見過ぎて夜更《よふ》かししたせいで、朝読中に寝落《ねお》ちしちゃったんだよ。

覚めろ覚めろと首を左右に振《ふ》ったとき、机の上には『ことだまメイト』の他に、見知らぬ白いペンケースがあることに気づいた。

これ、わたしのペンケースじゃ、ない。開きっぱなしのペンケースをのぞく。たくさんのシャーペン、消しゴム、蛍光《けいこう》マーカーに定規。

ぎゅうぎゅうに入ったペンケースの内側に、ウサギ柄《がら》の付箋《ふせん》が一枚、テープで貼《は》りつけられているのを見つけた。そこに書いてあったのは、

『もう猫《ねこ》をかぶりたくない』

これって……。

キーンコーンと耳になじんだチャイムが鳴り始めた。大きく変わってしまった環《かん》境《きょう》のなかで、この音だけは変わらない。

わっ、まためまい。

目に映る世界を拒《こば》むように、わたしは目をギュッと閉じる。

チャイムの余韻《よいん》が消え、恐《おそ》る恐《おそ》る目を開けると。

「一時間目、音楽かー」

「やべ、おれリコーダー忘れた」

「音楽室どこだっけ?」

「スガノ、いい加減覚えなよー」

クラスメイトのごちゃごちゃした声が一気に耳に流れ込《こ》んできた。

わっ、戻《もど》ってる！

いつもの、ナカサン一年B《ビー》組の教室だった。

乗りもの酔《よ》いをしたように、何だか口のなかが酸《す》っぱい（わたしは車や船はもちろん、ブランコでさえ酔《よ》ってしまう）。

教室の掛《か》け時計の針は八時四十五分。小池先生は、朝読の本をカバーを外したまま持って教室を出て行くところだった。

一分前の八時四十四分。あの時間、わたしはどこにいたの？

ぼーっとしていたから、陣内さんと川本さんペアには置いて行かれてしまった。

しかたなく教科書とリコーダーを胸に抱《かか》えて、一人で廊下《ろうか》を歩く。

あれは何だったんだろう。

ふと立ち止まり、指を折って数えてみる。

『も　う　ね　こ　を　か　ぶ　り　た　く　な　い』

……十二音だ。

## 2　誰《だれ》かがわたしになっている

翌朝。

やっぱり昨日は寝《ね》ぼけてたんだな。

そんな風に思いながら登校した。

だけど。ショートホームルームが始まり、朝読の時間が近づくにつれて、またあの不思議な現象が起こったらどうしようって緊張《きんちょう》してきた。

それに……ほんの少しの期待も。怖《こわ》いもの見たさってやつかも。

朝のホームルームの小池《こいけ》先生の話を聞き流しながら、待ちきれず机に朝読ノートを広げてみる。

そこには昨日わたしの書いた十二音の願いごと。その文字の色は、何の変哲《へんてつ》もない、シャーペンの黒だ。

ほっとしたような、がっかりしたような気持ちで胸をなで下ろす。
「はい、それじゃ朝読の準備してー。もうすぐチャイム鳴るぞ」
「ねえイケちゃん、昨日も筋トレしたの？」
矢田《やだ》さんがつっこんで、笑い声でどっと沸《わ》いた教室に、チャイムが響《ひび》き始めた。
その瞬間《しゅんかん》だった。
昨日と同様、願いごとの文字がカッと光り始めた。反射的に目を閉じる。
めまいが襲《おそ》う。体をぐるっと一回転させられてるみたいだ。
またあの感覚だ。
机の両端《りょうたん》をぎゅっと握《にぎ》って、思わず言い聞かせる。
わたしは、ここにいる。わたしの体は、ここにある。
十秒、いや五秒もかかっていないかもしれない。
めまいが過ぎ去ると、暗いまぶたの内側でわたしは耳を澄《す》ましてみた。
静か……。
頰《ほほ》にはかすかに風を感じる。

窓から？　でも、わたしの席は廊下側《ろうか》だから、こんな穏《おだ》やかな天気の日に風なんて当たるはずない。

おそるおそる目を開けてみると……。

やっぱり！

そう声に出しそうになって、慌《あわ》てて飲み込《こ》んだ。

だって、全国どこの学校でも朝読中は「お静かに」だよね。

ここは、わたしの通うナカサンじゃない。きっと、どこかの学校の朝読の時間だ。

ホワイトボード、眼鏡の先生、ブレザーの制服。

昨日見たものと一緒《いっしょ》だ。

極めつけは、机の上の『ことだまメイト』。

ま、さ、か！

『ことだまメイト』の世界が現実になったの？

いや、そんなことが実際に起こるはずないのに……。教室を抜《ぬ》け出したいという思いが強すぎて、おかしくなってしまったんじゃないかと不安でいっぱいになる。

わたしは本から答えを探し出すように、『ことだまメイト』をバラバラバラッとめくっていく。たどり着いた水色の見返しページには……。

Dear《ディア》 Yuzuna《ユズナ》
I'm《アイム》 here《ヒア》.

え、これって！

わたしがナカサンの学校図書館で借りている本には、「Dear《ディア》 Hatsuna《ハツナ》」って落書きがあった。

じゃあ、ひょっとして〝この子〟の名前はユズナ……？

何か他にも手がかりはないかな。

あっと思いつき、この本を閉じてみた。

【想洋《そうよう》学園中学・高校図書館】

あった！

フィルムコーティングされた裏表紙の左下のバーコードラベルには、知らない学校名が書いてあった。

ってことは、〝この子〟は《想洋学園のユズナ》？

確信がほしい。

机のサイドフックにかけてあった学生鞄《かばん》を開けさせてもらった。

鞄《かばん》のなかにはきっと何か情報があるはず。

めんどくさがりなのか、教科書やノートにも名前が書いてない。

ゴソゴソするうちに見つかったのは、星柄《がら》のポーチ。

ごめんっ。後ろめたい気持ちで開けてみると、ハンドミラーが入っていた。

おそるおそるハンドミラーで自分を映す。

そこにいたのは、不安げな目をした、女の子だった。

色白でそばかすの目立つ頬《ほほ》。鼻筋はすんと細くて、ふわっとした前髪《まえがみ》を黄色のピンで留めている。

だ、誰《だれ》!?

「岩田《いわた》さん、どうしたの？　さっきから落ち着きがないけど」
気づけば、眼鏡の先生がすぐそばに立っていた。
わたしのこと……？
そっか、イワタユズナっていうのか。
「岩田さん？」
どうしよう、返事くらいしなきゃいけないかな。
知らない女の子の喉《のど》を使って声を出そうとしたときだった。
キーンコーンと朝読書の終了《しゅうりょう》を告げるチャイムが鳴り始めた。
八時四十五分だ。
もしかして、またこのタイミング？
わたしはギュッと目を閉じる。
さっきと同じようにめまいがする。
知らない女の子の体にしがみつくように、わたしはまた机の両端《りょうたん》を握《にぎ》る。うまく
いえないけど、体のなかで心が迷子になるような感覚なんだ。

チャイムが鳴り終わって目を開けてみる。

戻《もど》った……。

わたしを見下ろしていた眼鏡の先生はおらず、いつもの一年B《ビー》組の風景がそこにあった。

愛着もなくて逃《に》げ出したいクラスなのに、ふるさとのように感じてしまう（わたしは生まれたときから東京の中丘区《なかおかく》育ちで、いなかのふるさとなんてないのだけど）。

ふと、机の周りを確認する。

本当に入れ替《か》わっているとしたら、朝読の時間に「わたし」になっているのは、誰《だれ》なの？

この十分をどんなふうに過ごしたんだろう？

わたしと同じように、鞄《かばん》を物色したりしたのかな。

そのとき、開かれたままの朝読ノートが目に留まった。

今日の日付のコメント欄《らん》には、

『ここドコ？？　なにコレ？？』

いつものわたしより、丸っこい文字。

やっぱり、誰《だれ》かがわたしになっている。


帰り道、まっさきに鞄《かばん》のなかのスマホに手を伸《の》ばした。両親の帰宅が遅《おそ》いから持ち歩いているスマホ。連絡《れんらく》以外の目的で使ったら、先生に注意されるって分かってる。けど、待てない！

校門が見えなくなるところまで走って、検索《けんさく》画面を立ち上げる。

《想洋学園》。

ウェブページがすぐに見つかった。実在する学校なんだ。

ドキドキしながらサイトを開いてみると、そこに現れた生徒の制服は、わたしが朝読のとき着ていたものと一緒《いっしょ》だった。

ていうことは。

夢じゃない、よね……。

場所はナカサンと同じく東京都内。だけど、ここ中丘区からは少し遠いし、わたしに何のゆかりもない中高一貫校《いっかんこう》だ。
そういえば『ことだまメイト』の登場人物たちも、何のゆかりもないペアだった……。
入れ替《か》わる条件はただ一つ。同じ日に同じ十二音の願いごとを書くこと。
あーもう！　誰《だれ》かに話したい。
でも、誰《だれ》に？
クラスの陣内《じんない》さんと川本《かわもと》さんは、こんなことを相談できるほど仲良しじゃない。
親なんて絶対イヤだし。心配されて、病院に連れて行かれちゃうかも。
ぐるぐる考えながら商店街を歩いていたとき。
あっ、あれって……。
向かいから歩いてくるのは、わたしのよく知ってる子だった。
ゆきぽんだ……。
とたんに卒業式の日にもどったように、胸がぎゅっと締《し》め付けられる。
セーラー服を着て、少し髪《かみ》が伸《の》びたゆきぽんは、ランドセルの頃《ころ》より何だかちょっとお姉さんっぽく見えた。

変なの、わたしだって中学生になったのに。

イヤホンをしたゆきぽんは、わたしにまだ気づいてないみたい。

どうしよう、このままわたしも気づかないふりをする？

だけど……。

今日一日、わたしは学校でほとんど誰《だれ》ともしゃべっていなかった。

少しおしゃべりでもしたいな。猫《ねこ》をかぶらなくてすむ誰《だれ》かと。

ゆきぽんが一人だということも、わたしの気を軽くした。

「ゆきぽーん！」

卒業式のときのことなんてなかったような顔をして、わたしは大きく手を振《ふ》った。

「あ……」

ゆきぽんは一瞬《いっしゅん》ぽかんとしてからイヤホンを外した。その顔にほわんと笑《え》みが浮《う》かぶ。

「初奈《はつな》ちゃん、久しぶりー」

わたしたちはぎゅっと両手を組み合わせると、ぴょこぴょこと跳《は》ねた。

「わー、ナカサンの制服着てる」

「そっちこそ。いいなあ、セーラー服。青いリボン可愛《かわい》い」

「えー、でも靴下《くつした》の丈《たけ》が微妙《びみょう》でダサいよ？」

よかった。ふつうにしゃべって笑い合えることにほっとした。

「ゆきぽん、中学楽しい？　もう慣れた？」

「うん、わたし文化祭実行委員会に入ったんだ」

「文化祭実行委員？」

「十月に文化祭があって。その準備とか運営をするんだ。忙《いそが》しくなりそうだけど、楽しみ」

意外だった。

小学校のとき、ゆきぽんはグループのなかで控《ひか》えめな子だった。舞香《まいか》やのっちが提案したことに、「うんうん」ってうなずいて、ついてくるような。

なのに、そんな目立ちそうな委員会に入るなんて。

もしかして、こっちが本当のゆきぽんだったのかな。だとしたら、ゆきぽんは中学デビューに成功したってことだよね？

それに比べて、わたしは……。

気づけば、ぎゅっと下くちびるを噛《か》んでいた。

泣きながら布団《ふとん》にうずくまっていた春休みを思い出す。

知るのはこわい。

でも、ここで卒業式の日に誘《さそ》われなかった理由を聞かなければ、本当のことを知るチャンスはもうないんじゃないかな。

わたしたちとちがう中学に上がったゆきぽんなら、教えてくれるかも。

「あのさっ」

うわずった声がわたしの口から飛び出した。

「卒業式の日のことなんだけど」

ゆきぽんの顔がこわばった。

「初奈ちゃん、ほんとにあの日は……」

「いいの、いいの！　気にしないで」

泣きそうな顔で謝《あやま》ろうとするゆきぽんに、わたしはあわててストップをかけた。

「大丈夫《だいじょうぶ》、もう怒《おこ》ってなんかないよ。わたしこそ逆ギレしちゃってごめん」

顔の前で手のひらをぶんぶん振《ふ》ってから、

「ただ……理由を教えてほしいんだ」

わたしはぽつっとその言葉をこぼした。

「グループでわたしだけ誘《さそ》われなかったってことは、きっと何か理由があるんだよね。よかったら、教えてもらえないかな。悪いところがあったなら、直したいから」

「…………」

「ゆきぽんがしゃべったこと、誰《だれ》にも話さないよ」

「…………」

沈黙《ちんもく》がつらい。わたしは自分のスニーカーを見下ろしながら、ゆきぽんが何かしゃべるのを待っていた。

視界には、ゆきぽんが履《は》いているピカピカのローファーが入り込《こ》んでいる。ふと、わたしたちはもう歩いてる道がちがうんだ、とそんな当たり前のことを思った。

「あのね、初奈ちゃんが悪いって訳じゃないんだけど……」

ゆきぽんは、わたしと目を合わさず口を開いた。

「たとえばグミ、とか」

「グミ?」

まったく予想外のものがスポットライトを浴びた。何でお菓子《かし》が出て来るの?

「初奈ちゃん、六年生の一学期にコーラ味のグミにハマってたでしょ?」

「うん、ほぼ毎日食べてた。マジおいしかったよね、あれ」

表面に粗《あら》い砂糖がまぶしてあるそのグミは、噛《か》めば甘《あま》いコーラの味が蜜《みつ》のように広がって、食感も味も大好きだった。

寝《ね》る前に歯磨《はみが》きしてからもこっそり食べていたせいで、三回も虫歯になってお母さんに禁止されたけど。

「初奈ちゃん、あれ、わたしたちにすすめてたよね。だけど、それがちょっと、押《お》しが強すぎたっていうか……」

「押《お》しが強い？」

あのころのわたし、どんなふうに振《ふ》る舞《ま》っていたっけ。記憶《きおく》を手繰《たぐ》り寄せる。

『ねーねー、コーラ味のグミ、超《ちょう》おいしいんだよ。ぜったい食べてみて』

『え～、まだ食べてないの？　何で？　おいしいって言ったじゃん』

『そこのコンビニでも売ってるじゃん。何で買わないの？』

ああ……。教室で校庭で公園で、確かにそんなことを言ったかも。

でも、それは。本当においしいと思ったから。みんなに教えてあげようと思ったんだ。

悪気なんてこれっぽっちもなかった。

そのとき、グループのみんなはどんな表情をしてたのかな。……思い出せない。

「他にも、犬の足跡柄《あしあとがら》のシャーペンとか動画チャンネルとか……。初奈ちゃんは自分がいいと思うものをわたしたちにもおすすめしてくれたけど。でも、何か趣味《しゅみ》がちがうかなってときもあって……」

ゆきぽんが一生懸命《いっしょうけんめい》オブラートに包んでいる、わたしの短所が分かった。

一言でいうと、『押《お》しつけがましい』。

「推《お》す」と「押《お》す」はちがう。

何かを推《お》す気持ちが強すぎて、わたしは押《お》しつけていたんだ。

相手が後ずさっていることにも気づかずに。

「二月くらいに、最初に誰《だれ》が初奈ちゃんのことを言い出したのかは覚えてないけど。『わたしもそう思ってた』ってみんな盛り上がっちゃって……」

そういえば、二月に風邪《かぜ》で三日間くらい学校を休んだ。そのときだったのかな……。

「だからって、卒業式の日に仲間外れなんかにしちゃいけなかったよね。初奈ちゃん、本当にごめんね」

首を横に振《ふ》るのが精いっぱいだった。

コーラ味のグミ。犬の足跡柄《あしあとがら》のシャーペン。動画チャンネル。

そんなちっぽけな一つ一つが積み重なっていたんだ。

「何か、小学校懐《なつ》かしいな。のっちとか、みんな元気にしてる？　わたし中学入るまでスマホ持ってなかったから、連絡先《れんらくさき》知らないんだ」

商店街に吹《ふ》く風が、ゆきぽんのセーラー服のリボンをかすかに揺《ゆ》らしている。

ゆきぽんはとっくにあの日を卒業して、新しい場所で輝《かがや》いているというのに、わたしは取り残されたままだった。めくられないままのカレンダーみたいに。

「初奈ちゃんは？　中学どう？」

「……うん、まあまあかなー」

猫《ねこ》をかぶって、クラスになじめていないことは言いたくない。

代わりにわたしは訊《き》いてみた。

「ゆきぽんの学校って、朝読の時間ってある？」

「うちはないよ。朝読じゃなくて朝学習っていうのやってる。っていうか、何で？」

初奈ちゃん、本好きだったっけ？」

「えーっと……」

ゆきぽんなら、わたしの不思議な体験を聞いてくれるかな。

でも、それってリスクあるよね。

わたしだって、ゆきぽんがいきなりそんなこと言い出したら、どうしちゃったんだろって心配になる。……っていうか、この子ヤバいって距離《きょり》を置くかも。

「何となく訊《き》いてみただけ。それよりさ、」

最近はまっているスマホのゲームの話でもしようと思って、うっと飲み込《こ》んだ。

だめだ、また押《お》しつけちゃうかも。

絶対ダウンロードしてって、言ってしまう。

「初奈ちゃん？」

「何でもにゃい」

「何で猫語《ねこご》なの」

ゆきぽんが笑顔《えがお》でつっこむ。

あー、学校の外でも猫《ねこ》をかぶってしまった。

# 3　BTC《ビーティーシー》

朝読での入れ替《か》わりは続いている。

先週から六月に入った。入れ替《か》わりは五月限定、なんてことはなかったらしい。

この三週間ほどで、いくつか分かったことがある。

わたしと入れ替《か》わってるのは、同い年の岩田《いわた》柚菜《ゆずな》（学年と名前の漢字は、鞄《かばん》に入っていた生徒手帳で見つけた）。

入れ替《か》わりは、八時三十五分から四十五分までの六百秒。チャイムを合図に起こる。

休日には起こらない。土曜や日曜の朝、ドキドキしながら家で待っていたけれど、時間になっても文字が光ることはなく、入れ替《か》わらなかった。

五月の終わりには体育祭があったけれど、そのときも何も起こらなかった。

つまり、入れ替《か》わりが起こるのは、朝読の時間だけ。

ちなみに、『ことだまメイト』の登場人物たちは六百秒単位で入れ替《か》わったりしない。

一度入れ替《か》わったら、元に戻《もど》る方法は一つだけ。

おたがいがその願いごとを叶《かな》えあうこと、なのだ。

たとえば、第二章のおばあさんと小学生男子のペアの願いごとは『お気に入りの靴《くつ》がほしい』。入れ替《か》わったふたりは、お互《たが》いの気に入りそうな靴《くつ》を探し回ってようやく見つける。

でも、わたしたちにはとても無理。だって朝読の時間だけで、相手の願いごとを叶《かな》えるなんてできないもん。

『もう猫《ねこ》をかぶりたくない』

ひょっとしたら、願いごとの文字を消してしまえば、あっさり入れ替《か》わりは終わるのかもしれない。

でもそれをしないのは……同じ願いごとを持っている岩田柚菜が気になるから。

岩田さんはどんな気持ちでこの願いごとを書いたんだろう。もしかして、わたしと同じようなことがあったのかな。

それに。

入れ替《か》わることで、当たり前だけど、世界で教室はここだけじゃないんだなと思える。

わたしがうまく溶《と》け込《こ》めなくて息が詰《つ》まる、ナカサンの一年B《ビー》組だけがすべてじゃない。たまたま割り振《ふ》られたこの教室で、まだ今ちょっとうまくいってないだけ。

そんな風に感じられるんだ。

でも、入れ替《か》わりのめまいには、いつになっても慣れない。

この日も、朝読の始まりのめまいがおさまると、そっと目を開けてみた。

すると。

「おはようございます！　BTC《ビーティーシー》の川島灯人《かわしまともと》です」

えっ、誰《だれ》⁉

ホワイトボードの前に立っていたのは、男子生徒だった。いつもとちがったシチュエーションにわたしは戸惑《とまど》った。

どうしたの？　いつもの朝読の時間じゃないの？

あわてて壁《かべ》の時計を見ると、まちがいなく八時三十五分だ。

「今日の朝読の時間は、ブックトークをします」

その男子はよく通る声で言った。

「中一の皆《みな》さんは初めてなので、説明しますね。ＢＴＣは、ブックトーククラブの略です。ブックトークっていうのは、一つのテーマにそっていくつかの本を紹介《しょうかい》すること。ぼくたち部員は各学期に一度、中一の朝読書の時間にブックトークをしています。今年の中一は全部で五クラス。っていうことで、今日は五人のメンバーがそれぞれのクラスでブックトークをすることになりました。三組は、高二で部長のぼく、川島が担当します！」

よろしくお願いします、と川島と名乗った男子生徒がおじぎをした。

ＢＴＣ？

へえ。そんな部活、初耳だ。

それに、わたしの学校は公立で中三が最上級生だから、校内に高校生はいない。

高校生というだけでめずらしい存在だからか、わたしはじっと観察してしまう。瞳《ひとみ》の大きな目元は賢《かしこ》そうで、あごが細い。こんがりした肌《はだ》の色。全体的にちょっと鹿に似てるかも。毛先は少しカールした、くしゅくしゅヘア。

同じ制服を着ていても中一よりずっとこなれた感じで、何か大人っぽいな……。

そのとき、胸の奥《おく》がきゅっとした。

え、今の反応ってこの子の心臓？　それとも……わたし⁉

動揺《どうよう》するわたしをよそに、

「突然《とつぜん》ですが、みなさん、今朝は何食べてきました？」

そう言って川島先輩《せんぱい》が教卓《きょうたく》にトンっと置いたのは、

「あっ、カップラーメンのバター醬油味《しょうゆあじ》！」

「それ新発売のやつ！」

教室のあちこちから声が上がる。

わたしも昨日CM《シーエム》で見た。どんな味か気になっていたところだった。

「ぼくの今日のおやつはこれ。学校帰りはいつもカップラーメンって決めてるんです。いつも三分待つ時間がマジで長く感じます。でも、この三分っていう時間、もし夜にゲームをしてる時間だとしたらどうでしょう？　短すぎませんか？」

うん。あっという間すぎる。

川島先輩《せんぱい》は教室を見渡《みわた》して、こう続けた。

「こんなふうに、時間っていうのは、ゴムみたいに伸《の》び縮みする不思議なものです。そんなわけで今日のブックトークのテーマは、名づけて〝タイムトラベル〟。朝の十分間で、みなさんを時間の旅へお連れします」

ツアーガイドみたいな小さな旗を片手に、

「今日最初に紹介《しょうかい》する本はこれ！」

ホワイトボードに一冊の黒い本を立てかけた。絵本みたいに薄《うす》くて大きめの本だ。

「タイトルは『絵とき　ゾウの時間とネズミの時間』です。ゾウは、みなさんご存知の通り、ネズミの何十倍もの時間を生きることができます。でも、ネズミとゾウの心臓が一生の間に打つ回数は同じなんです。その回数は……」

間をためてから、川島先輩《せんぱい》はまるで秘密を明かすように言った。

「十五億回です」

十五億って、ちょっとピンと来ない。

途方《とほう》もなく多い気もするし、一生分と言われたら少ない気もする。

「ところで、人はどの位の速さで心臓が打ってるかな？　心拍数《しんぱくすう》は脈拍《みゃくはく》とほぼ同じと言われています。というわけで、今から十秒間、自分の脈を測ってみましょう」

川島先輩《せんぱい》は手首をかざして、そこに指を当ててみせた。

わたしは周りを見渡《みわた》し、みんなと同様にそのポーズを真似てみる。

「じゃあ、合図したら数えてくださいね。……スタート！」

トクトクトクトクトク。

わたしの、いや、岩田さんの脈が打っている。うう〜、変な感覚だ。

「ストップ！　さあ、何回だったか、訊《き》いてみましょう」

手首から視線を上げたとき、川島先輩《せんぱい》とパチッと目が合った。

川島先輩《せんぱい》は目線を外さず、にこっと笑う。

「じゃあ、君」

わ、わたし？

いきなり当てられて、あわあわと立ちあがった。

「名前を教えてくれる？」

えっと、沢下初奈《さわしたはつな》じゃなくて、

「……い、岩田柚菜です！」

わたしは初めて、岩田さんの喉《のど》を使って声を出した。

「ユズナ……？」

なぜか一瞬《いっしゅん》、川島先輩《せんぱい》の顔から笑《え》みがすっと消えた。

わたし、もしかしてまちがえた名前を言った？

そう心配になったのも束《つか》の間、川島先輩《せんぱい》はもとの笑顔《えがお》で尋《たず》ねた。

「何回だった？」

「えっと……十四回です」

「そっか。じゃあ、十四を六倍した数。八十四回が一分間に打ってる心臓の回数になりますね」

「岩田、多くね⁉」

「おれ六十回だったわ」

周りの席からの声を浴び、恥《は》ずかしくて頬《ほほ》が熱くなる。

「もしかして、緊張《きんちょう》してた？　大丈夫《だいじょうぶ》だよ」

川島先輩《せんぱい》はわたしに、にこっと笑いかけた。ドキッとして、また心拍数《しんぱくすう》が上がってしまいそう。

「ちなみに、ハツカネズミは一分間に約六百回。それに比べてゾウは一分に約三十回。大きい動物はゆったり生きているんですね」

そう言うと川島先輩《せんぱい》は本を開き、一部分を朗読した。

青空にサッと飛んでいく紙飛行機をイメージさせるような、よく通るさわやかな声だ。

川島先輩《せんぱい》は本を閉じると、再びホワイトボードに立てかけた。

「時間が経《た》つと、動物も人間も成長しますよね。そう、大人になりますよね。でも、どんなに時間が経《た》っても大人にならない少年がいます。そんな少年とネバーランドに飛んでいけるとしたら、ちょっと行ってみたくないですか？　二冊目に紹介《しょうかい》する本は、」

あ、分かったっ。

ネバーランドと聞いて、すぐにピンときた。

「『ピーター・パンとウェンディ』です。ディズニーアニメの『ピーター・パン』の元となった本ですね」

やっぱり。アニメ映画は保育園の頃《ころ》に見たけれど、本は読んだことない。

『ピーター・パンとウェンディ』は意外にも、ぶ厚くて読み応えたっぷりって感じの見た目の本だ。

川島先輩《せんぱい》は、本のストーリーや、アニメとのちがいをいくつかのクイズを織り交ぜて紹介《しょうかい》した（フック船長って、実は本では〝なみはずれた美しい顔だち〟なんだって！）。

「ラストシーンに登場するウェンディは、大人になってしまっています。こんな風に、現実の時間は止められない。時間が経《た》つと、人だけでなくモノだって変化してしまいます。でも、もし十年の時を止めてくれる魔法《まほう》があったら、みなさんはどうしますか？」

トン。川島先輩《せんぱい》は三冊目を立てかけた。

それは、オレンジ色の猫《ねこ》とつる草模様が描《えが》かれた、ちょっとファンタスティックな雰囲気《ふんいき》の本だった。

「今日最後に紹介《しょうかい》する本は、これ。『十年屋』です。この物語には、十年屋と呼ばれる魔法使《まほうつか》いが出てきます。彼《かれ》のできる魔法《まほう》は、人々《ひとびと》の思い出のものを十年間そのままの状態でお預かりするということ」

わあ、おもしろそう！　気づけば、わたしは少し身を乗り出していた。

「たとえば、母親が娘《むすめ》に作ったうさぎのぬいぐるみ、恋人《こいびと》が撮《と》ってくれた写真、好きな子のために作ったゆきだるまなど、十年屋は何でも十年間預かれます。でも、ただ一つだけ条件があります。それは、品物を預かってもらう代わりに……」

川島先輩《せんぱい》は、グッと胸に手を当てた。

「自分の寿命《じゅみょう》を一年分差し出さなくてはなりません」

じゅ、寿命《じゅみょう》？　川島先輩《せんぱい》の口元が笑っている分、言葉とのギャップを感じて、ちょっと怖《こわ》くなった。

「結末は、預けた人それぞれです。ハッピーエンドもあれば、ちょっとゾクッとする結末もあるんだけど、それは読んでからのお楽しみです」

川島先輩《せんぱい》は、ぱたんと閉じた。

「以上、今日は三冊の本を紹介《しょうかい》しました。すべて学校図書館でも借りられますので、手に取ってみてください。今日の十分間のタイムトラベルが楽しい時間になっていたらうれしいです」

川島先輩《せんぱい》がぺこっとおじぎしたタイミングに合わせたかのように、キーンコーンとチャイムが鳴り始めた。

待って、もう少しここにいたい！

白いペンケースのチャックを閉めて、付箋《ふせん》に書かれた願いごとの文字を隠《かく》すけれど……。

だめだ、いつものようにめまいが襲《おそ》う。

わたしは午前0時のシンデレラのような気分で、めまいが治まるのを待った。止まった……。

そっと目を開く。もう少しだけ入れ替《か》わりが続いていることを願いながら。

やっぱり、戻《もど》っちゃった。

いつもどおり、わたしはナカサンの自分の席に座っていた。

入れ替《か》わりはもう何度も経験してるのに、何だか今日はぼーっとしてしまう。短い映画を見たような心地《ここち》だ。

一時間目の数学の準備しなきゃ。わたしは教科書とノートを準備しながら、心のなかで今日一日の時間割をなぞってみる。

今日は、体育と美術がある。教室の移動が二回もある、わたしの苦手な火曜日だ。

でも、不思議。

具だくさんのスープを飲んだみたいに、胸がじわっと温かくて何だか頑張《がんば》れる気がする。

理由は、すぐに思い当たる。

わたしは別に、読書が趣味《しゅみ》ってわけじゃない。厚切りの食パンみたいなページ数の多い本を読みきる自信もない。

だけど、楽しかったな。川島先輩《せんぱい》のブックトーク。

あの先輩《せんぱい》が薦《すす》める本なら読んでみたいかもって、ちょっと興味が湧《わ》いた。

うちの学校図書館にもあるかな。昼休みに行ってみよう。

そう思うだけで、今日一日を乗り越《こ》えられるような気がしてくる。

このとき、初めて中学で鼻歌を歌いそうになっている自分に気づいた。

# 4　二人の名前

「どうした、初奈《はつな》」

テーブルの斜《なな》め向かいに座るお父さんが、怪訝《けげん》な顔で訊《き》いてきた。

「さっきから、チラチラ時計ばっかり見て。夏休みになったんだろ?」

「別に、何でもないけど」

時刻は朝八時五分前。

お父さんが言うとおり、今週から夏休みに入った。

わたしが時計を気にしてしまうのは、もうクセみたいなもの。

夏休みに入ってからのこの数日間、入れ替《か》わりは起こっていない。

今日もきっと何も起こらない。

そうと分かっていても、自然と時計の針に目が行ってしまう。

「もう行かなきゃな」

八時になったと同時に、お父さんが立ち上がった。

食卓《しょくたく》のお皿もそのままに、鞄《かばん》を持って玄関《げんかん》に向かう。

今日は土曜日。休日出勤のお父さんは、ポロシャツというラフな格好だ。

「リッコが起きてきたら、今日は早めに帰るって言っといて」

リッコっていうのは、お母さんのこと。うちの両親はあだ名で呼び合っている。

お母さんならきっと昼までベッド。昨日は夜勤で、さっき家に帰ってきたばっかりだ。

わたしが小学二年生までは、夜勤を免除《めんじょ》してもらっていたみたいだけど、今ではそれも復活している。

あーあ、今日も何しよう。

部活にも入っていないわたしはヒマ人で、夏休みを持て余している。

とくに楽しみな予定もない。だけど……。

猫《ねこ》をかぶらなくてすむ。

それだけでも、分厚い着ぐるみを脱《ぬ》いだように、ふーっと呼吸が楽になる。

『もう猫《ねこ》をかぶりたくない』

そう、これはわたしのセツジツな願いごとだ。

ふと、またあの子を思い出す。

同じ願いごとを付箋《ふせん》に書いた岩田柚菜《いわたゆずな》。あの子はどんな夏休みを過ごしてるのかな。

朝読の時間は基本着席してるだけだし、考えてみればわたしは岩田柚菜のことをほとんど何も知らない。実は、名前をSNS《エスエヌエス》で検索《けんさく》したこともあるけど、見つけられなかった。

部活には入ってる？

どんな友達がいる？

どんな家に住んでるんだろ？

わたしたちが入れ替《か》わっているのは、二十四時間のうちの六百秒。それって一日の何分の一なんだろ。

何となく気になって、スマホの電卓《でんたく》で計算してみたら……。

二十四時間は、八万六千四百秒。わたしが柚菜になっている時間は、一日の一パーセントにも満たないことに気づいた。

同じように、岩田柚菜もわたしの九十九パーセント以上を知らないんだ。


「あっつー」

太陽がてっぺんまで昇《のぼ》った頃《ころ》、お母さんが眠気《ねむけ》オーラを全身にまとって起きて来た。

「あれ？　ユウちゃんは？」

「お父さんならとっくに会社に出かけたよ。寝《ね》ぼけてるの？　もう十二時過ぎてる」

ついでに、今日はお父さんの帰りが早いということも伝えると、

「そう。お昼は食べた？」

「うん、冷蔵庫にあるものテキトーに」

「ならよかった。ふわあ、二度寝《にどね》しよっかなー」

あくびしながらスマホをいじっていたお母さんは、「あっ」と声を上げた。

「どしたの？」

「図書館から早く返してくださいってメール来ちゃった。そういえば期限過ぎてたかも」

「もう、ダメじゃん」

お母さんってば、だらしない。こんなんでちゃんとホテルの仕事ができてるのかなっていつも疑問だ。

「初奈、本返してきてくれない？」

「えー？　めんどいんだけど」

「ついでに、夏休みの宿題も片づけてきちゃえば？　さっさと終わらせたら、気が楽だよー」

「うーん……」

近くの図書館に行って、もし学校の人たちに出くわしてしまったらイヤだ。せっかく猫《ねこ》かぶりを忘れていられるのに。

でも、まあ夏休み最初の週末に図書館に行く人なんていないか。みんな部活とか遊びとかで忙《いそが》しいよね……。

「ちょっと。何、日陰《ひかげ》のヒマワリみたいにうなだれてるのよ？」

「何でもないよっ。行ってあげるから、早く本出したら？」

トゲトゲした声が飛び出した。まったく、お母さんは人の気も知らないで……。

図書館に行くのは、小学生のとき以来。

自転車に乗って、のっちたちとジュニア文庫を借りに来たこともある。この図書館には、イラストのかわいいジュニア文庫がたくさんそろってたんだ。

もしかして、わたしはあのときも面白《おもしろ》かった本をみんなに押《お》しつけたりしちゃってたのかな……。

そんなの、今となっては分からない。

炎天下《えんてんか》の街を自転車で走り、図書館の自動ドアをくぐる。

あ、図書館のにおいだ。

ピッピとカウンターで鳴るバーコードスキャンの音や、さわさわと館内を移動する人たちの気配も何だか懐《なつ》かしい。

そんな気持ちに突《つ》っつかれて、カウンターで本を返すと、キョロキョロしながらフロアを歩き回る。

小学生の頃《ころ》は、ほとんど一階の児童書のフロアしか行かなかったけれど、こうして歩いてみると結構広いんだな。

三階まで上ってみると、ちょっと雰囲気《ふんいき》のちがうフロアだった。

ここには本棚《ほんだな》がない。

代わりに見つかったのは、開け放たれたドア。その向こうでは、何やら人の集まっている気配がした。

ドアの脇《わき》には立て看板がある。

何だろ？

少し近づいてみると。

【地元・中丘区《なかおかく》の高校生作家　井馬《いま》ここさん　トークイベント】

え⁉

井馬ここって……『ことだまメイト』の作者じゃん！

高校生ってことは知ってたけど、この街の人だったの？

ポスターのなかでにっと笑う井馬ここの写真と目が合う。

入れ替《か》わりのヒントがあるかもと思って、井馬ここをネット検索《けんさく》してみても、ほとんど情報は見つからなかったのに。

こんなところでトークイベントをするなんて……。

思いがけない遭遇《そうぐう》に驚《おどろ》き、会場をのぞくと、黒いエプロン姿の図書館スタッフに「こんにちはー」と声をかけられた。

「お申し込《こ》みされた方ですか？」

「あ、いや、ちがいます……」

「よかったら参加されますか？　急きょ、キャンセルが出て、一人空いてるんです」

「いえ、あの……」

スタッフさんの言葉に戸惑《とまど》う。

作家のトークイベントなんて参加したことない。

どんな雰囲気《ふんいき》だか分からなくて何だかコワい。きっと周りは大人ばっかりで、中学生が一人で参加したら浮《う》いちゃうんじゃないかな。

アウェイすぎるよ……。

ふだんだったら、絶対逃《に》げる。それに、今日は宿題をやりに来たんだし。

でも。

わたしは、会場の前方の中央に置かれたイスを見つめる。

あそこに、『ことだまメイト』の作者が来る。トークを聞いたら、もしかして入れ替《か》わりの謎《なぞ》が解けるかも？

だとしたら、チャンスだ。夏休みの宿題なんて後からだってできる。

「参加、します」

わたしはうなずいた。

会場には三十席くらいかな、ズラッとパイプ椅子《いす》が並んでいて、その約半分に参加者が着席していた。

目立つのは恥《は》ずかしいから、わたしは後方の端《はし》っこの席に座った。

「前の方の席、まだ空いてますよ。よかったらどうぞ」

「いえ、ここで大丈夫《だいじょうぶ》です！」

だって、スタッフさんの指し示したのは、最前列だ。

偶然《ぐうぜん》参加することになっただけのわたしが最前列なんて。誕生日《たんじょうび》でもないのに、ケーキのろうそくを消してと頼《たの》まれたようで、遠慮《えんりょ》してしまう。

他の人たちも恥《は》ずかしいのか、なかなか埋《う》まらない最前列には、一人の女の子が着席していた。

ピンクのT《ティー》シャツに、ロールアップしたジーンズ姿。

ここからじゃ顔は見えないけど、後ろ姿の雰囲気《ふんいき》からして、何となく、小中学生っぽい。

へー、あんな勇気のある子もいるんだ。

だんだんと会場の席が埋《う》まっていく。

「では、ただいまより、井馬ここさんのトークイベントを始めます。拍手《はくしゅ》でお迎《むか》えください」

拍手《はくしゅ》に押《お》し出されるみたいに現れた井馬ここは、ヒマワリ柄《がら》のワンピースを着ていて、思ったより小柄《こがら》だった。百五十センチのわたしより小さそう。

イスに座る前、井馬ここははにかんだ顔で、ぺこんとおじぎをした。ぱつんと切りそろえた前髪《まえがみ》のせいか、中学生にも見える。

図書館スタッフの一人が司会者になって、トークイベントは始まった。

「井馬ここさんは、生まれたときから中丘区にお住まいなんですよね？」

「はい。小さい頃《ころ》からこの図書館にもよく通ってます」

へー、そうなんだ！

じゃあ駅前のファストフード店とかショッピングセンターとか、わたしと同じような場所で過ごしてるのかも。

作家なんて遠い存在なのに、そう思うと急に身近に感じてきた。

中学はどこに通ってたんだろう？

中丘区には区立中学校が十校以上ある。それに私立の可能性もあるし、さすがにナカサンの卒業生なんて偶然《ぐうぜん》はないかもしれないけど。

「よかったら図書館での思い出など聞かせてもらえますか？」

「小学校の頃《ころ》、親友とふたりで、自転車でいろんな図書館に行ったんです。夏休みは汗《あせ》だくで一日で五つの図書館をはしごしたりして、まるでスポーツみたいでした」

井馬ここはてへっと笑い、会場からは小さな笑いが起こった。

「次に、井馬さんのデビュー作についてお話を聞かせていただきましょう。新人賞を受賞されて去年六月に出版された、『ことだまメイト』。十二音の願いごとを書いて入れ替《か》わるという設定が面白《おもしろ》いですけど、この発想はどこから？」

来たっ。

わたしはイスの背もたれから身を少し乗り出した。

「ことだまって言葉を知ったのは、小学校を卒業した春休みなんです。日本の『古事記』には、ことだまの神様が登場する神話があるんだよって、知り合いの人に教えてもらったんです。『万葉集』でも〝言霊《ことだま》の幸《さき》はふ国《くに》〟、えっと、言葉に宿る力で幸せがもたらされる国だって歌われてるって」

井馬ここは、まるでマイクを大事なもののように両手で包み込《こ》みながら話している。

「ことだまって話し言葉だけじゃなくて、きっと気持ちを込《こ》めて書いた言葉にも宿ってると思うんです。それで、中学一年生のとき、願いごとを書いて入れ替《か》わるペアたちの物語を書こうって思いつきました」

「わあ、中一でストーリーを思いつくなんてすごい！」

目を丸くする司会者に、井馬ここは首を横に振《ふ》った。

「全然です。小説が書けたのは、わたしだけの力じゃないんです」

いやいや、ふつーにすごいから！　わたしと同い年でそんな物語を思いつくなんて……。

なのに井馬ここって、ずいぶん謙虚《けんきょ》だ。

「十二音というのは、どうしてこの音数にされたんですか？」

「大昔から伝わる和歌は五音と七音でできてますよね。それを足すと十二だし、わたしたちも十二歳《さい》だったから、十二音の願いごとにしようって」

あれ？　何か言葉、ちょっと違和感《いわかん》があったような……。

まあ、それにしても。

話を聞いている限り、井馬ここ自身は、誰《だれ》かと入れ替《か》わった経験はなさそうだ。

ましてや、誰《だれ》かと朝読の六百秒だけなんて。

注意深く話を聞いていたけれど、わたしと岩田柚菜《いわたゆずな》が入れ替《か》わってしまう理由のヒントはないままに、次の話題に移ってしまった。

「最後に、井馬さんの次の作品のご予定は？　もう書いてるんですか？」

司会者の期待のこもった視線から逃《のが》れるかのように、井馬ここは目を伏《ふ》せた。

「えっと……まだ、です」

井馬ここの声はさっきまでより小さく低い。

「高校生活も忙《いそが》しいですもんねー。ゆっくり楽しみにしてますね」

場を取り成すように、司会者が明るい声で言い、ほほ笑《え》んだ。

「井馬ここさん、楽しいお話をありがとうございました！」

トークショーの終わりに、再び拍手《はくしゅ》が起こる。

みんなとともに手をたたきながら、わたしはモヤモヤしていた。

うう、謎《なぞ》は深まるばかり……。

「では、ここからはサイン会となります。『ことだまメイト』を持参されている方は、列にお並びください」

へー、サイン会もやるんだ！

どうやら、参加者はみんな、サイン会があることを事前に知っていたみたい。自分の本を手に抱《かか》えて、ぞろぞろと列に並び始めている。

作家にサインしてもらえることなんて、めったにない。

今から急いで本屋さんで買ってくれば間に合うかな？

わたしはお財布《さいふ》のなかの金額をこっそり確認してみた。千円札は一枚もなかった。

うう、足りないじゃん。

ちょっとがっかりした気持ちで、並んでいる人たちが持っている、水玉模様の『ことだまメイト』を見つめていると。

顔の右側に何となく視線を感じた。

振《ふ》り向いてみると。列から外れたところで『ことだまメイト』をぎゅっと握《にぎ》って、こちらを凝視《ぎょうし》している女の子がいた。

ピンクのT《ティー》シャツ。ああ、たしか最前列に座っていた子だ。

彼女《かのじょ》はわたしから目を逸《そ》らさない。

……えーっと？

どこかで見覚えあるような。

同じ中学の人、ではないと思う。小学校の同級生でもないし。

「……沢下《さわした》初奈？」

フルネームで呼ばれてはっとした。

この声……。

聞いたこと、ううん、この声を自分で出した覚えがある。

「あっ！　い、岩田柚菜！」

もうバカ。何で一目で気づかなかったんだろ。ずっとこの子のことを考えていたというのに。

制服じゃないし、今日は髪《かみ》を下ろしている。

でも、星空みたいにソバカスの散らばる白い肌《はだ》に、前髪《まえがみ》の黄色いヘアピン。

まちがいない。岩田柚菜だ。

周りにいたお客さんたちが、チラチラわたしたちを振《ふ》り返っているのが分かった。

でも、そんなの気にしていられない。

まさかこの場に来てたなんて。この子に訊《き》きたいことは山ほどある。

「あの、えっと……」

でも、何て話し始めればいいんだろう?

「はじめまして」はおかしい気もするし、「こんにちは」も何だか不自然だ。

そうこう迷っているうちに、口を開いたのは、岩田柚菜の方だった。

「やった、見つけた!　めっちゃ会ってみたかった!」

歯を見せて笑うと、両手をぎゅっと握《にぎ》ってきた。それから、ボディーチェックをするように「わー、さわれる」と言いながら、肩《かた》や腕《うで》にぺちぺちと手のひらを当てて来た。

幽霊《ゆうれい》じゃないんだから、そりゃさわれるって。

「今日ここに来たら、もしかしたら初奈がいるかもって思ってたんだよねー。一人じゃ寂《さび》しいから来ようか迷ってたけど、来て正解だった」

初奈。昔からの友達のように、何気なく下の名前で呼ばれ、なぜか心がふわっと軽くなった。水中で浮《う》き輪につかまったみたいに。

「……一人で来たの？」

ようやくわたしも口を開いた。

柚菜が通う学校は、同じ都内とはいえ、この街からはだいぶ離《はな》れた場所にある。それに、わたしと同い年なのに一人でイベントに申し込《こ》むなんて、勇気あるっていうか大胆《だいたん》だ。

そう思って訊《き》くと、柚菜の返事は意外なものだった。

「ホントは灯人《ともと》先輩《せんぱい》と来るはずだったんだけどね」

「トモト先輩《せんぱい》？」

それって……まさか。

くしゅくしゅヘアのあの人を思い出して、どきんと心臓が跳《は》ねる。

え、ウソ、でもそんなによくある名前でもないし……。

あわあわしているわたしの瞳《ひとみ》を、柚菜はぐりっと覗《のぞ》き込《こ》んだ。

「初奈は知ってるでしょ？　BTC《ビーティーシー》の川島《かわしま》灯人先輩《せんぱい》」

うあ、当たり！

六月のブックトークで出会った川島灯人先輩《せんぱい》。

あのときの六百秒が楽しくて、あれから何度も何度も思い出していた。

二学期になっても入れ替《か》わりが続いていたら、また会えるかななんて、ちょっぴり期待しながら。

あの先輩《せんぱい》と柚菜が一緒《いっしょ》にトークイベントに来る予定だったなんて。

ちょっと待って、二人はどういう関係⁉

「ていうか、初奈と色々《いろいろ》話したいけど、ひとまずサインもらわなきゃ」

わたしが尋《たず》ねるより一瞬《いっしゅん》早く、柚菜はぱっと意識を切り替《か》えてしまった。

「その後、話そ？　初奈はヒマ？」

コクコクとうなずく。宿題のことなんてもうすっかり忘れていた。

「わたしドアのとこで待ってるよ。本、持って来てないんだ」

「じゃあ、この本に、二人分のサインしてもらおうよ。『初奈と柚菜へ』って」

柚菜はカラッとした笑顔《えがお》でそう言った。

「えっ、いいの？」

柚菜の本なのに二人宛《あて》のサインをしてもらうなんて、何だかちょっと申し訳ない気がしてしまう。

「いいじゃん、うちらの関係なんだし」

うちらの関係……。何だかヒミツめいた響《ひび》きでドキッとする。

緊張《きんちょう》しながら待つ間にも、列は少しずつ進んでいく。

サイン会なんて初めてだけど、和《なご》やかな雰囲気《ふんいき》で、井馬ここは一人一人と言葉を交《か》わしているみたいだ。

「こんにちは」

ついに順番がやってくると、イスに座った井馬ここは柚菜とわたしを見上げ、笑いかけた。

近くで見ると、ナチュラルメイクもしていて、少し大人っぽく見えた。

「友達同士で来てくれたの？」

井馬ここに尋《たず》ねられ、わたしたちは顔を見合わせる。

『ちょっと聞いてください、井馬ここさん！　わたしたち、あなたの小説みたいに入れ替《か》わっちゃうんです！』

『しかも朝読の時間だけ！　これっていったいどうなってるんだと思います⁉』

そう打ち明けてみたいと思ってるのが、おたがい手に取るように分かったけれど、そういうわけにもいかない。

ぽかんとされちゃうだろうし、後ろにはまだサイン待ちの人が並んでいる。

「えーっと、まあ今日が初対面っていうか」

「でも、おたがい知ってるっていうか」

「あ、ネッ友《とも》なんだね」

井馬ここは、勘《かん》ちがいをして頷《うなず》いた。

やっぱり、わたしたちの入れ替《か》わりに井馬ここは関係ないのかな。

「この本のサイン、二人宛《あて》にしてもらえますか？　あたしたち、初奈と柚菜っています」

柚菜が物おじせずそう言ったとき、井《い》馬ここの口から小さく「えっ」と声がもれた。

「ハツナとユズナ？」

井馬ここは、確かめるようにそうつぶやいた。

「あ、やっぱり一冊に二人分なんてダメでしたか？」

何だか、不自然な間《ま》に不安になって訊《き》くと、井馬ここはさっきまでの笑顔《えがお》にもどって首を振《ふ》った。

「あ、ううん。大丈夫《だいじょうぶ》。ごめんね。名前はどんな漢字？」

キユッキユとペンを走らせた井馬ここのサインを見たとき、

「あっ」

わたしは思わず声を上げた。

# 初奈ちゃん&《アンド》柚菜ちゃんへ
# I'm here.《アイム ヒア》

井馬ここ

I'm here.《アイム ヒア》って……。
朝読で読んでいた『ことだまメイト』にあった、あの落書きの言葉だ。
これってどういうこと？
落書きと、本人のサインの言葉が一致《いっち》してる……。
ていうことは、まさかあの落書きは本人が⁉
でもでも、何で学校図書館の本に柚菜とわたしの名前が入ってたの？
立ち尽《つ》くしてぐるぐる考えていたわたしの肩《かた》を柚菜が小突《こづ》く。
「初奈、次の人待ってる」
後ろに並ぶ人のそわそわした気配を感じる。もう順番を譲《ゆず》らなくちゃ。
だけど。

わたしは最後に急いで訊《き》いた。

「あのっ、アイムヒアって？」

井馬ここは笑顔《えがお》でひと言だけ答えた。

「わたしのペンネームの由来だよ」

## 5　レッツ謎解《なぞと》き！

ガコン。

ガコン。

自動販売機《じどうはんばいき》から二回続けて同じペットボトルが転がり落ちる。

柚菜《ゆずな》とわたしが選んだのは、アップル味のサイダー。

そんな些細《ささい》な偶然《ぐうぜん》にも、思わず顔を見合わせてしまう。

さすがに、静かな図書館内ではおしゃべりできない。そんなわたしたちがサイン会後に見つけたのは、図書館の駐輪場脇《ちゅうりんじょうわき》にある木製ベンチだ。

七月の四時過ぎなんてまだまだ暑いけど、気温なんかよりしゃべりたい気持ちの方がずっとアツかった。

ペットボトルのキャップをひねる柚菜の横顔をちらっと見やる。

ほんとに、不思議。

五月半ばからずっと、六百秒だけこの子の体に入り込《こ》んでいたなんて。

「あーよかった、初奈《はつな》の顔が分かって」

柚菜はサイダーをごくごくっと飲み、はーっと息を吐《は》いた。

「じゃなかったら、声かけられなかったもん」

「柚菜の顔なら、わたしも知ってたよ。制服じゃないから、ピンとくるまでちょっと時間かかっちゃったけど」

わたしがそう答えると、柚菜はピシャリと言った。

「それはあたしがちゃんとハンドミラー持ってたからでしょ？　もー、朝読のとき初奈のカバン開けても鏡入ってないんだもん」

「あ、そういえば」

わたしは柚菜のハンドミラーで顔を確認できたのに、自分は準備していなかった。

そこまで気が回らなかったな……。

「おかげでこっちは最初のうち、ペタペタ顔をさわるしかなかったんだよ」

「じゃあ、どうやってわたしの顔を知ったの？」

「挙手してトイレの鏡を見に行った」

「えっ⁉」

し、知らなかった。

朝読の静まった空気のなか、「わたし」がトイレに行きたいと挙手したなんて……。きっとクラス中の視線を集めただろう。

うう、恥《は》ずかし過ぎる。

でも柚菜を責めることなんてできない。ふだんからハンドミラーくらい持ち歩けばよかったと反省。

「まさかトイレの場所も先生に訊《き》いたとか？」

「ううん、自力で探したよ。チャイムまでに席に帰らなきゃ、元に戻《もど》れなくなるかもって思ったからダッシュで行って帰ってきた」

『元に戻《もど》れなくなるかも』……。

真剣《しんけん》に考えたことがなかったけれど、朝読の教室から離《はな》れてしまったら、その可能性だってあるのかも。

もしも、そうなったら……。

「別に、それでもいいかも」

そう低くつぶやいてしまった。

ナカサンのあの教室に戻《もど》らなくていいんだとしたら、その方が気楽かもしれない。

もちろん、現実的には困ることが盛りだくさんなのは分かってる。柚菜として学校でどう振《ふ》る舞《ま》えばいいかも、家へどうやって帰ったらいいかさえも分からないんだから。

でも……。

中学デビューに失敗して猫《ねこ》をかぶり続ける沢下《さわした》初奈を脱《ぬ》ぎ捨てたい、そんな気持ちもある。

新しい場所で、もう一度スタートを切れたらって。

「え？　今なんて？」

耳に手を当てる柚菜に、わたしは「何でもない」と首を振《ふ》る。

中学でのサエない自分を打ち明けたくなかった。

そういえばさ、とわたしは声のトーンを上げ、

「さっき、今日は先輩《せんぱい》と一緒《いっしょ》に来る予定だったたって言ってたよね。BTC《ビーティーシー》のあの先《せん》輩《ぱい》と知り合いなの？」

さっきから心に引っかかっていたことを尋《たず》ねてみた。

「あー、それはね、あたしBTCに入ったんだ」

「えっ、柚菜もやってるの!?　ブックトークってやつ」

六月の灯人《ともと》先輩《せんぱい》のブックトークを思い出す。

まるで、本の世界にみんなを案内するツアーガイドみたいだった。

まさかあんなことを柚菜もやってるなんて。

「あたしはまだデビューしてないよ。六月に入部したばっかりだもん。ていうか、入部のきっかけは初奈との入れ替《か》わりなんだからね」

柚菜はぴっとわたしを指さした。

「へ？　どういう意味？」

「灯人先輩《せんぱい》がブックトークをしに来たとき、初奈が指名されたでしょ？」

「あ、うん。脈拍《みゃくはく》の数を教えてって」

「入れ替《か》わりが終わった後に、友達に言われたんだ。カッコいい先輩《せんぱい》に指名されていいなーって。でも、あたしには記憶《きおく》がないじゃん？　で、どんなイケメンだったんだろうって、ＢＴＣの部室をのぞきに行ったら、そこにいた部員たちに勧誘《かんゆう》されたってわけ」

「へーっ」

入れ替《か》わったまま席を立ったり、見ず知らずのイケメンをチェックしに行ったり。柚菜って、かなり行動力のある子だ。

「入部してから知ったんだけど、灯人先輩《せんぱい》は井馬《いま》ここのファンなんだって。この図書館のトークイベントに申し込《こ》むって聞いたから、あたしも連れてってくださいって頼《たの》んだの。これは絶対チャンスだって思って！」

「……チャンスって何の？」

「決まってるじゃん！　初奈に会えるかもっていうチャンス」

柚菜はぱしんとわたしの腕《うで》をはたいた。

「あ、だよね」

灯人先輩《せんぱい》と仲良くなるチャンス、なんて思い浮《う》かべてしまった自分が後ろめたい
……。

わたしのリアクションが肩透《かたす》かしだったのか、柚菜はちょっと唇《くちびる》を尖《とが》らせた。

「え、ちょっと。もしかして、初奈はあたしに会えると思って来たわけじゃないの？」

「えーっと」

これはちょっと誤魔化《ごまか》せなそう。頭をぽりぽりしながら、正直に打ち明けた。

「実は……うち、この図書館の近くなんだけど、お母さんに本返してきてって頼《たの》まれたんだ。それで来てみたら、偶然《ぐうぜん》井馬ここのイベントをやるみたいで……。急きょ一人キャンセルになったからどうぞって、図書館の人に誘《さそ》われた感じ」

自分で話しながら、今さら「あっ」と気づく。

急きょキャンセルになった人って！

灯人先輩《せんぱい》の顔が浮《う》かんだ瞬間《しゅんかん》、なぜか柚菜が笑い出した。

「マジで⁉　じゃあ、あたしたちが会えたのは灯人先輩《せんぱい》の腹痛のおかげじゃん！」

「腹痛？」

「うん。灯人先輩《せんぱい》ってば、井馬ここに会うために気合い入れて昨日栄養ドリンク飲み過ぎて、おなか壊《こわ》しちゃったんだって」

「やばっ」

思わずサイダーでむせてしまった。

そ、そんなキャラなの？　じゃぼんと石が投げ込《こ》まれた水面みたいに、カッコよくて優秀《ゆうしゅう》ってイメージがぐにゃんと崩《くず》れた。

ギャップありすぎでしょ。でもまあ何ていうか、これで親しみやすくなった気もする。

「もちろん、灯人先輩《せんぱい》は入れ替《か》わりのことは知らないよ。言っても信じてもらえないと思うし。だから誰《だれ》にも話してない」

「わたしも」

こくりと頷《うなず》く。

初対面なのに、わたしたちには二人だけの秘密がある。

「二学期が始まったら、どうなるんだろうね……」

「また朝読の時間だけ入れ替《か》わるかもね」

柚菜の返事を聞いて、不意に、心がふっと浮《う》き上がる感覚がした。遊園地に行く朝みたいに。

その理由は、やっぱりあれだ。

灯人先輩《せんぱい》は自己紹介《しょうかい》のときに、ブックトークは各学期に一度と言っていた。

ていうことは、入れ替《か》わりが続けば、また灯人先輩《せんぱい》のブックトークを聞けるかも。

どうやらわたし、かなり楽しみにしてるみたいだ（ちょっとくらい先輩《せんぱい》のおなかが弱くても）。

あれ？　でもちょっと待って。

「柚菜、ＢＴＣに入ったって言ってたよね？」

「うん」

「まさか、二学期に朝読でブックトークするなんてことは……」

「ないよ。朝読のブックトークをするのは、中二以上だから。中一は十一月の文化祭と、三月に学校図書館のイベントで発表させてもらうことになってるよ」

ほっとすると同時に、いや待てよと思う。

この入れ替《か》わり、いつまで続くか分からない。

もしも中二になっても続いてしまっていたとしたら……。

や、ば、い！

ブックトークの時間、柚菜の体にいるのはわたしだ。

「ねえ、中二までに絶対どうにかしよ！　じゃないと、柚菜の代わりにわたしがブックトークすることになっちゃう」

「そんなの、あたしだってイヤだよ。せっかく練習しても、本番だけ入れ替《か》わっちゃうなんて」

「レッツ謎解《なぞと》き！」

わたしたちはガシッとおたがいの両手の指を組み合わせた。

一人で入れ替《か》わりについて悶々《もんもん》と考えていたときとは全然ちがって、二人なら何だかゲームみたいにワクワクする。

絶対、この謎《なぞ》解いてみせる！

「そうだ！　井馬ここのI'm here.《アイム　ヒア》ってサインなんだけど、」

あれは手がかりになるかも。

「それ、あたしも気づいてた！」

わたしたちが学校図書館の本の話をしようとしたとき、わたしのスマホが震《ふる》え出した。

お母さんからの電話だ。

「もしもし？」

「あ、初奈。今どこ？　本は返してくれた？　今ね、から揚《あ》げを作ってるんだけど、急いでお醬油《しょうゆ》買ってきてくれない？」

「えーっ、醬油《しょうゆ》くらい自分で買ってよー」

わたしはつっけんどんな言い方で電話を切る。

「醬油《しょうゆ》？」

「お母さんから。買いものして帰って来いって」

生活感たっぷりな用件が何だか恥《は》ずかしい。

「じゃあ、話の続きはまた今度でいいよ。急がないんだしさ。夏休み、また会おうよ」

キラキラなデザインの手帳を取り出した柚菜は、そうだ、と口を開いた。

「来週の日曜、ブックカフェでブックトークのイベントがあるんだ」

「ブックカフェ?」

「灯人先輩《せんぱい》の従兄《いとこ》のお店らしいんだけど。そこでブックトークをやるんだって。先《せん》輩《ぱい》たちと何人かで見学に行くんだけど、初奈も来る?」

思いがけない招待に、落ちていたはずのわたしのテンションはトランポリンみたいにぽよんと跳《は》ね上がった。

入れ替《か》わってない状態で、灯人先輩《せんぱい》に会える……。

六百秒で消えてしまう心配もないし、沢下《さわした》初奈として言葉を交《か》わせるかもしれない。

それに。

純粋《じゅんすい》にブックトークを聞いてみたいって気持ちもある。

「でも、わたしが行ってもいいの？　ちがう学校だし……」

「一人くらい平気じゃない？　友達連れて行きますって、みんなに言っとくよ」

友達……。

ほかほかのホットケーキにバターをちょこんとのせたみたいに、柚菜が何気なく使った言葉が染《し》みていく。

バイバイと手を振《ふ》った帰り道で、わたしの頬《ほほ》は何度もその言葉に緩《ゆる》んだ。

初めてだ。初めて、中学に入ってから友達《だち》ができた。

## 6 ブックカフェ attikotti《アッチコッチ》

灯人先輩《ともとせんぱい》がおなかを壊《こわ》していませんように。

そう念じながら髪《かみ》をとかす。

今日は、いよいよブックトークの日だ。時間は午後三時から。

ブックカフェってどんなとこだろ。そんな場所で友達と会うなんて、ちょっと大人になった気分だ。

ずっと地元の学校に通っているわたしは、一人で電車で出かけたことも数えるほどしかない。

無事にたどりつけるといいんだけど。

そのお店の名前は、《ブックカフェ attikotti《アッチコッチ》》。

柚菜《ゆずな》が教えてくれたホームページによると、世界の旅をコンセプトにしたブック

カフェらしい。

トップページに載《の》っていたのは、入り口の写真。白い壁《かべ》にバナナ色の板チョコみたいなドアがまぶしい。まるでどこか不思議な場所につながっているようで、ドアというより扉《とびら》と呼びたくなる。

今日、あの扉《とびら》の内側に入るなんて。そこには柚菜や灯人先輩《せんぱい》、初めて会う人たちがいるなんて。

あー、楽しみだけどかなり緊張《きんちょう》する！

「どうしたの、めずらしく髪《かみ》なんかとかして。どこか行くの？」

「めずらしいとか余計だし」

洗面所を通りがかったお母さんの一言に、すかさず言い返す。

でも、恥《は》ずかしいけど、張り切ってるのは一目瞭然《いちもくりょうぜん》かも。

今日着ているのは一番お気に入りのチェック柄《がら》ワンピース。夏っぽく、かごバッグをコーディネートしてみた。

「ちょっと友達と出かけてくる」

「小学校の同級生？」

「ううん、最近できた友達」

行き先は言わなかった。

別に本好きでもないわたしがブックカフェなんて言ったら、お母さんはびっくりするだろうし。

「そう。中学で友達ができたなら良かった」

え？

その口調が何だかしっとりしていて、わたしはとっさに返事が出て来なかった。

仕事大好きで鈍感《どんかん》なお母さんは、わたしに友達ができようができまいが気にしてないと思ってたのに。

……同じ中学の友達じゃないってことは黙《だま》っておこう。

中丘駅《なかおか》からオレンジ色の電車一本に乗って十五分。ブックカフェの最寄《もよ》り駅まではすんなりクリアできた。

だけど、問題はそこから。

わたしは、スマホに表示された地図とにらめっこしながら歩き続ける。

徒歩七分と書いてあるけれど、たぶんもう十五分以上歩いている。額の汗《あせ》をプーさん柄《がら》のタオルハンカチで拭《ぬぐ》う。

ああ、こんなことなら柚菜と一緒《いっしょ》に来ればよかったな。

柚菜は部活の仲間と駅で待ち合わせているらしい。それを聞いて何だか遠慮《えんりょ》したわたしは、「現地集合で行くよ」と言ってしまった。

余裕《よゆう》を持って出かけたはずなのに、もうすぐ開始時間になってしまう。

やばい、遅刻《ちこく》しちゃう。

スマホの目的地マークを見ながら歩いていると、
ププーッ！

「危ない！」

「わっ⁉」

背後から誰《だれ》かに右腕《みぎうで》をぐっと引っ張られ、わたしは一歩後ずさった。

スマホから目線を上げると、目に飛び込《こ》んで来たのは赤信号。クラクションを鳴らした車が、わたしの目の前をすーっと通って行く。

いつの間にか、赤信号の横断歩道に踏《ふ》み出していたらしい。

あ、危なかった……。

「すみません、ありがとうご……」

わたしを引き止めてくれた誰《だれ》かにお礼を言うため振《ふ》り向くと、
ひゃっ。

わたしは心のなかで叫《さけ》んだ。

だって……川島《かわしま》灯人先輩《せんぱい》だ！

「よかった、ケガしなくて。歩きスマホはマジでダメだから！」

ブックトークのときと同じよく通る声だけど、眉間《みけん》に皺《しわ》を寄せたその表情はちょっと険しかった。

じゃ、と立ち去ろうとする灯人先輩《せんぱい》に、わたしはあわてて声をかける。

「あの！　わたし、岩田《いわた》柚菜さんの友達で、今日ブックトークを……」

灯人先輩《せんぱい》の表情から険しさが消え、代わりに笑《え》みが広がる。

「ああ、聞いてるよ。他の学校の子がattikotti《アッチコッチ》に来てくれるって。えーっと、確かサワシタさん？」

「はい、沢下初奈《さわしたはつな》です！」

初めて、わたしは「わたし」として、灯人先輩《せんぱい》の目に映ってるんだ。言葉を交《か》わしてるんだ。その実感がじわっと広がる。

「わたし、さっきから道に迷ってて……」

「この辺似たような路地たくさんあるし、分かりづらいよね、一緒《いっしょ》に行こう」

灯人先輩《せんぱい》の指す方向へ一緒《いっしょ》に行く。

敷《し》きつめたマシュマロの上を歩くように、わたしはふわふわした心地《ここち》だ。

高校生の男子と並んで歩くなんて初めて。

しかも、灯人先輩《せんぱい》と。

お腹を壊《こわ》した話を聞いたって、こうして隣《となり》にいる灯人先輩《せんぱい》はやっぱり変わらずカッコいい。何気なく車道側を歩いてくれてるし、ジェントルマンって感じだ。

無言になっているわたしに、灯人先輩《せんぱい》が訊《き》いた。

「沢下さんはブックトークって聞いたことある？」

あります！　先輩《せんぱい》のブックトーク、めっちゃ素敵でした！

なんて言うわけにもいかないから、

「えっと、初めてです。でもちょっと興味があって」

「へえ、それはうれしいな。ブックトークってよく図書館で行われてるらしいんだけど、ぼくはattikotti《アッチコッチ》のイベントで知ったんだ。でも、うちの学校でＢＴＣ《ビーティーシー》を作るときは、人を集めるの大変だったよ」

「先輩《せんぱい》が作ったんですか⁉」

「そう、一昨年《おととし》の中三のときに。他の部活と兼部《けんぶ》もできるよって声かけて、何とか五人集めたんだ。今では十人以上いるけどね」

「どうしてブックトークの部活を作ろうと思ったんですか？」

わたしは重ねて訊《き》いてみた。

本といえば文芸部が一般《いっぱん》的だ。どうして〝ブックトーク〟なんだろう。

「もともとそんな本好きってわけじゃなかったんだけどね。でも、中三で、将来出版社で営業の仕事をしたいって夢ができたから」

出版社の営業？　どんな仕事か全然イメージできない。

わたしの心のハテナを読み取ったかのように、灯人先輩《せんぱい》は言葉を補った。

「書店に出向いて本の紹介《しょうかい》をする仕事だよ。書店員さんに作品をアピールして、売り場を確保してもらったりね」

「へー、そういう仕事があるんですね」

「そう。ブックトークって、案外そのスキルが営業の仕事にも役立つんじゃないかなって思いついたんだ。自分の言葉でシナリオ作ってみんなに本を紹介《しょうかい》するからね」

「そんなこと思いつくなんて、すごいです！」

「ぼくには応援《おうえん》したい作家がいるから」

灯人先輩《せんぱい》の口調は静かな熱を帯びている。見た目はひんやりしてるけど、卵を落とせば目玉焼きができるほど熱い石みたいに。

「あ、お店はそこだよ」

「え、もう？」

先輩《せんぱい》の人差し指の先には、【ブックカフェ attikotti《アッチコッチ》】という木の看板が壁《かべ》に吊《つ》られている。黄色い扉《とびら》は、ホームページで見るよりもっと鮮《あざ》やかだ。

一人で探しているときはあんなに時間がかかったのに、話しているうちに、あっという間についてしまった。

もっとおしゃべりしていたかったな。

お店には通りに面した窓が二つ。中では人の気配がして、わたしはちょっと身を固くする。

黄色い扉《とびら》の横には二つのイスがあり、それぞれにブラックボードが立てかけられている。

一つのブラックボードには、ドリンクやスイーツのメニュー。

もう一つは……。

《本日午後3時～3時30分　ブックトークタイム
テーマ「海からはじまるストーリー」》

「そういえば、このお店のブックトークって、誰《だれ》がやるんですか？」

「今日は梅原《うめはら》さんっていうスタッフだよ。梅ちゃんって呼ばれてる。この店、従兄《いとこ》夫婦とバイト一人でやってるんだけど、梅ちゃんはバイトさん」

従兄《いとこ》夫婦……。

ていうことは、灯人先輩《せんぱい》とはけっこう歳《とし》が離《はな》れてるのかも。

灯人先輩《せんぱい》が自分の家みたいに慣れた様子で扉《とびら》を開けると、キンコロキンコロとドアベルの涼《すず》しげな音がした。

わあ。

まず目に飛び込《こ》んできたのは、壁《かべ》に飾《かざ》られた世界地図。それも海賊《かいぞく》が船旅に使いそうな、くすんだ色のレトロなデザインだ。

その地図を囲むように、店内には本棚《ほんだな》が取り付けられている。

カウンターキッチンに、四人掛《が》けと二人掛《が》けのテーブルがあわせて六つ。小さめの店内はお客さんでほぼ埋《う》まっていた。

「いらっしゃいま、あ、トモくんじゃん！」

デニムのエプロンをつけた女の人がにかっと笑い、灯人先輩《せんぱい》が軽く会釈《えしゃく》した。

ショートカットで栗色《くりいろ》の髪《かみ》がよく似合うその人を灯人先輩《せんぱい》が紹介《しょうかい》してくれた。

「従兄《いとこ》のお嫁《よめ》さんの遥《はるか》さん。と、向こうにいるのが従兄《いとこ》の朔《さく》さん」

キッチンでドリンクを作っていた眼鏡の男の人が、こちらに静かにほほ笑《え》みかける。

溌剌《はつらつ》とした遥さんと、穏《おだ》やかそうな朔さん。

このお店、どこかおうちのリビングのような感じがするのは、この夫婦のかもしれない出す雰囲気《ふんいき》が理由かも。

「初奈！　ここだよ」

四人掛《が》けのテーブルで、柚菜が手を振《ふ》っていた。

会って二回目だというのに、何だか懐《なつ》かしくてほっとする。

「遅《おそ》いから心配したよ。メッセ見なかった？」

「あ、ごめん、気づかなかった」

スマホを見ると、ちょうど灯人先輩《せんぱい》と歩いていたときにメッセージが届いていた。

その席には、柚菜の他に三人の女子が座っている。

この子たちが、部員仲間かな。

「もう始まるよ。とりあえず飲みもの選んで」

「あ、うん」

他の子たちにあいさつする間もなく、遥さんにマンゴージュースをオーダーしたとき。

どこからか、サワサワザザザーと聞こえて来た。

波の音……？

「ではっ」

通りに面した窓の方からよく通る声がした。

「三時になりました！　今月のブックトークタイムを始めます」

そこに立っていたのは、髪《かみ》をゆるくお団子にした若い女の人。

波音は、どうやらお店のスピーカーからみたいだ。

「スタッフの梅原です！　夏本番ということで、〝海からはじまるストーリー〟というテーマでブックトークをします。ドリンクやスイーツを召《め》し上がりながら、お楽しみください」

あの人が梅ちゃん。

わたしは波音を聞きながら、運ばれてきたマンゴージュースを一口飲む。

何だか海辺のカフェにいるような気がしてきた。

「皆《みな》さんは海が好きですか？　ちなみにわたしはインドア派で、海に行ってもパラソルの下で文庫本を読むのが幸せってタイプなんです。でも、高校の頃《ころ》に一度だけ、受験勉強の息抜《いきぬ》きに浜辺《はまべ》で花火をしたのは、今でも一番の海での思い出です。浜辺《はまべ》といえば、見つけてうれしいものはこれですよね」

そう言って、梅ちゃんは、淡《あわ》いピンクの表紙の本をみんなに見せた。

「今日最初にご紹介《しょうかい》する本はこれです」

この日、梅ちゃんのブックトークで紹介《しょうかい》されたのは、全部で五冊。

1『ときめく貝殻図鑑《かいがらずかん》』
2『寝《ね》ても覚めてもアザラシ救助隊』
3『旅する小舟《こぶね》』
4『無人島に生きる十六人』
5『ガラスの封筒《ふうとう》と海と』

桜の花びらみたいなモモノハナという貝にきゅんとしたり、著者のアザラシ愛にびっくりしたり。紙の小舟《こぶね》が海へ冒険《ぼうけん》に出る絵本（この本には文字がない！）や、明治時代に無人島へ流れ着いた十六人の実話。

ジャンルはバラバラな五冊だけれど、海というキーワードで、針で糸を通したようにつながっていた。

そのなかでわたしが一番気になったのは、最後の『ガラスの封筒《ふうとう》と海と』という小説。

父親を海で亡くしたトムという少年が、手紙を書いて瓶《びん》に入れる。それを海に投げ込《こ》むと、海底の死者を名乗る男から不思議な返事が来て……というストーリーらしい。

この本を紹介《しょうかい》するとき、梅ちゃんは実際に紙を入れた瓶《びん》を各テーブルに配った。

「タイトルの〝ガラスの封筒《ふうとう》〟というのは、瓶《びん》のことです。みなさんならどんな手紙を書きますか」

透《す》き通った瓶《びん》のなかの紙を見つめていると、何だか小説の世界に入り込《こ》んだように感じた。

死者からの手紙には、どんなことが書いてあったんだろう……？

身を乗り出して聞いていたら、梅ちゃんはいいところで紹介《しょうかい》を切り上げた。

続きが気になって、うずうずする！

「今日ご紹介《しょうかい》した本は、来月のブックトークまでここの棚《たな》に展示しています。ぜひ、ゆっくり読みに来てください」

ぺこっとおじぎをした梅ちゃんのお団子頭に、パチパチパチパチとお客さんたちの拍《はく》手《しゅ》が降り注ぐ。

手を叩《たた》きながら思う。

何ていうかブックトークって、一つの箱のなかに色とりどりの粒《つぶ》が入ったグミみたい。

眺《なが》めてるだけでも楽しいけど、味を紹介《しょうかい》されたら自分の口に入れてみたくなる。

やっぱりわたし、ブックトークが好きだな。

聞くのに夢中で飲み忘れていたマンゴージュースをじゅじゅっとすすっていると、

「サワシタさんだよね？　よろしくー」

同席のポニーテールの女子に話しかけられた。

「そうだ、紹介《しょうかい》まだでしたね」

柚菜が今話しかけてくれた人から順に名前を教えてくれた。

「中三の千晴先輩《ちはるせんぱい》と真緒先輩《まおせんぱい》、こっちが中一のみのりだよ」

「はじめまして、沢下初奈です。よろしくお願いします！」

第一印象は大事。

明るい子って思われたくて、わたしは笑顔《えがお》であいさつする。

最初に話しかけてくれた千晴先輩《せんぱい》は活発そう。真緒先輩《せんぱい》は切れ長の目が賢《かしこ》そうで、にっこり笑うみのりちゃんは、おっとりした印象だ。

「初奈ちゃんは好きな本とかある？　おすすめあったら教えて」

真緒先輩《せんぱい》にそう訊《き》かれ、

「本はあんまり読んでないですけど、ゲームなら今はまってるのは」

タイトルを挙げようとしたところで、ブレーキがかかる。

『ちょっと、押《お》しが強すぎたっていうか……』

耳によみがえるのは、ゆきぽんの言葉。

だめだ。

またわたし、押《お》しつけちゃうかも。

好きなものを語って押《お》しつけがましいって思われるくらいなら、何も言わない方がいい。何も主張しない方がいい。

だって、嫌《きら》われたくない。

「えっと、いろいろ、です」

ストローに目を逸《そ》らして言った。

つまらない返事を真緒先輩《せんぱい》は「ふーん」と聞き流した。

卒業式のあと仲間外れにされた理由を知って以来、わたしは好きなものを堂々《どうどう》と話すことに臆病《おくびょう》になってしまったらしい。

本当は、思いっきり話したい。

ゲーム、アイドル、お菓子《かし》、キャラクター。好きなものは色々《いろいろ》ある。

でも、加減が分からない。

好きって気持ちを相手とシェアしたくなって、つい押《お》しつけてしまう。相手が引いてしまう。

ああもう、どうしたらいいんだろう？

「今日は来てくれてどうもありがとう」

見上げると、梅ちゃんと灯人先輩《せんぱい》がテーブルの脇《わき》に立っていた。

「これ、今日のブックトークのプログラム。よかったら持って帰って」

梅ちゃんは手のひらサイズの水色のカードをわたしたちに配ると、

「ＢＴＣの部員さんたちですよね？　もしダメ出しとかあったら、教えてくださいね。わたしもまだ二回目の初心者なんで」

中学生相手なのに、敬語まじりにそう言ってはにかんだ。

「二回目には全然見えないですよー。おもしろかったし、めっちゃ勉強になったっていうか」

千晴先輩《せんぱい》がプログラムを見ながら言う。

「本選びは、朔さんにアドバイスをもらったの。遥さんには聞き手になってもらって。今回も二人のおかげって感じです」

「さすが朔さん。経験値ってやつですね」

やりとりを聞いていたわたしに、柚菜が「あのね」と説明してくれた。

「朔さん、このブックカフェを開く前は、図書館で働いてたんだって。で、遥さんは海外のカフェをあっちこっち旅するのが趣味《しゅみ》の会社員」

「あっ、このブックカフェの名前って……」

「そ。それでattikotti《アッチコッチ》」

灯人先輩《せんぱい》が頷《うなず》く。

「朔さんは遥さんの影響《えいきょう》で、外国や旅をコンセプトにしたブックカフェを作ろうと思ったらしいよ」

二人の趣味《しゅみ》がつまったお店だと知ると何だか興味がわいてきて、わたしは改めて店内を見渡《みわた》した。

外国の街並みの写真集や旅のエッセイ。現地で買って来たのかな、何語か分からない本や雑誌も、雑貨とともに並んでいる。

「ぼくはもともと日本の神話が好きだったから、海外の神話も集めるようになったんだ」

空いた隣《となり》のテーブルを拭《ふ》きながら、朔さんが言った。

本の数は街の図書館よりずっと少ないけど、おしゃれにディスプレイされて、一冊一冊への愛情みたいなものが伝わってきた。

「わたしは元々《もともと》ただのお客だったんだけど、ここの雰囲気《ふんいき》が好きで、半年前に『バイト募集《ぼしゅう》してませんか』って電話したの。まさかわたしまでブックトークやることになるとは思わなかったんだけど。自分の好きなものをみんなにどう薦《すす》めればいいのか自信なかったし……」

『自分の好きなものをみんなにどう薦《すす》めれば』

梅ちゃんの言葉がわたしの心に刺《さ》さった。それって、まさに今わたしが考えていたことだ。

そういえば。

ブックトークのとき、梅ちゃんは「この本読んで」とか「絶対おすすめ」とか、そういう言葉をほとんど使わなかった。

先月の灯人先輩《せんぱい》もそうだったんじゃないかな。

全然押《お》しつけがましくない。

なのに、気づけば読みたいって気持ちにさせられている。

わたしはもう一度、テーブルの上の瓶《びん》をじっと見つめた。

## 7　本当のわたし

行きたくないな。

九月初めの教室に踏《ふ》み入れる足は、重い。

だって、夏休みの間、きっとみんなは一緒《いっしょ》に思い出を作ってるはずだ。部活に打ち込《こ》んだり、遊びに行ったり。夏の熱気をまだ留《とど》めている廊下《ろうか》では、誰《だれ》と誰《だれ》がカップルになったなんてウワサまで聞こえてくる。

いいな。

フルーツサンドのイチゴやオレンジ、生クリームみたいに、日常の合間に楽しい夏休みがたっぷり挟《はさ》まっていたんだろうな。

だけどわたしは……。

具のないサンドイッチみたいに、クラスのみんなとの思い出はぺしゃんこだ。七

月の終業式から一気にワープしてきた気分。
それでも学校に来たのは、あの六百秒が楽しみだから。
《いよいよ明日だね！》
《あー、緊張《きんちょう》する》
《入れ替《か》わったらさ、先生にバレないように、こっそりお絵かきしてみない？》
《おもしろい、それ！　でもわたし、絵心ないよ。柚菜《ゆずな》は得意なの？》
《あたしも下手。でも下手な方がおもしろいって。じゃあ、明日のお題はクマ！》
《それってマスコット系？　それともリアル系？》
《リアル系って。初奈《はつな》、ツキノワグマでも描《えが》く気？》
昨晩に柚菜と交《か》わしたスマホのメッセージを思い出して、ぷっと噴《ふ》いてしまった。
友達がいる。
この教室じゃなくても、どこかの教室に。
そう思うだけで、小さな翼《つばさ》が生えたようにふわっと体が軽くなる。
attikotti《アッチコッチ》でのブックトークの後、柚菜とは夏休み中に三回会った。

入れ替《か》わりの謎解《なぞと》きをしようってことで、ファストフード店に集合したけれど、いつも決まって脱線《だっせん》しておしゃべりをしていた。

好きな動画チャンネルやゲーム、苦手な教科や食べもの。

ビックリしたのは、柚菜のそういう色んな趣味《しゅみ》がわたしと面白《おもしろ》いほど一致《いっち》していたこと。おまけに、同じく一人っ子。

「それ、わたしも！」

「あたしたち、やばくない？　めっちゃ気が合うんだけど」

こんなやりとりの連続で、「推《お》してるものを押《お》しつけたらどうしよう」って不安があるわたしにとっては、奇跡《きせき》みたいにうれしかった。

ファストフード店を出ると、きまってゲーセンに寄ったり、カラオケをしたり。

そんな他愛もないことが、この夏休みで一番楽しかった。

わたしにも、場所を変えれば友達ができるんだって。たまたま中学デビューがうまくなかっただけだって。そう実感できたから。

「井馬《いま》ここの『ことだまメイト』の設定でいけばさ、入れ替《か》わりには十二音の願いごとが関係してるじゃん？　願いごとを叶《かな》えれば、入れ替《か》わりは終了《しゅうりょう》して、みんな元に戻《もど》ってるよね」

三回目に遊んだ八月下旬《げじゅん》の帰り道、柚菜が歩きながら言った。

「ってことは、あたしたちの場合はさ……」

「えっと、何だったっけ」

わたしは、とぼけてみせたけれど、

「『もう猫《ねこ》をかぶりたくない』でしょ」

ああ、言われちゃった。

謎《なぞ》を解くには、避《さ》けては通れないキーワード。

でも、わたしがこの話題にふれるのは、勇気がいる。

だって、学校での自分について、柚菜に打ち明けないといけなくなってしまうから。

その勇気がまだ足りなくて、

「柚菜はさ、どうしてこの願いごとを書いたの？」

先に探るように、わたしは柚菜に尋《たず》ねた。

「小学校までの自分から変わりたかったから」

柚菜はきっぱりと言った。

「あたし、何回も小学校を転校してるんだ。二、三、五、六年生で」

「え……四回も!?」

回数もだけど、その理由にもちょっと驚《おどろ》く。

「うん、お母さんの仕事で」

「お父さんじゃなくて？　お母さん何の仕事してるの？」

転勤といえば、お父さんの仕事っていうのが定番だと思っていた。ちなみにうちは両親ともに引っ越《こ》しを伴《ともな》うような転勤はない。

「ふつーに食品会社の会社員だよ。お父さんはウェブデザイナーだから、ふつーに家で仕事してる」

柚菜は何てことない調子で言った。わたしが持っていた「ふつー」の枠組《わくぐ》みは、実はかなりちっぽけだったのかもしれない。

「小学校のときは、いっつも転校生っていうポジションで、友達や先生にどうすれば好かれるかなってことばっかり考えてた。家でのワガママな自分を出して嫌《きら》われないようにって、猫《ねこ》かぶってたんだ。友達に対しては明るいキャラで、でも謙虚《けんきょ》で自慢《じまん》しないように。先生の目にはいい子に映るように頑張《がんば》ってたよ。そのうち日記や作文も、こう書けば大人が喜ぶだろうなってツボが分かるようになっちゃった」

あざといだろ、と柚菜はなぜか胸を張ってみせた。

「コミュ力高っ！　そんな器用なことができるなんてすごいよ」

「どうせずっと一緒《いっしょ》にいないんだから、本当の自分なんて出さなくてもいいって割り切ってた。転校してしばらくは手紙やメッセを送り合ってても、みんなそのうち途切《とぎ》れちゃうし」

どれくらいの別れを繰《く》り返したら、ほほ笑《え》んだままそんな寂《さび》しいことを言えちゃうようになるんだろう。

柚菜はわたしの知らない経験をしてきた子なんだ、と感じた。

「去年、お母さんの配属されてる部署が変わって、転勤のない仕事になったんだ。それで、『これからはずっと東京に住めるよ』ってお母さんから言われたとき、あたし真っ先に言ったの。『中高一貫《いっかん》の私立に行きたい！』って」

「何で？　公立じゃダメだったの？」

「小学校のリベンジ」

「リベンジ？」

意味が分からず、きき返した。

「小学校みたいに六年間、同じ学校に通ってみたかった。小学校は細切れで転校してばっかりだったんだもん。だから、六年間同じ学校に通うってどんな感じか知りたくて、中学受験したの」

「へーっ。何か、面白《おもしろ》い考え方」

「せっかく六年も同じ場所にいられるんだから、自分らしくいたいなって思ったんだ。だから、入学式の前日に、『もう猫《ねこ》をかぶりたくない』って付箋《ふせん》に書いて、ペンケースの内側に貼《は》りつけたの。誰《だれ》にも見られないようにね。それからしばらくして、学校図書館でたまたま借りた『ことだまメイト』を読んでたら、付箋《ふせん》の文字が光り出したってわけ」

「そうだったんだ……」

『もう猫《ねこ》をかぶりたくない』

あれは、柚菜の場合、小学校でかぶり続けてきた猫《ねこ》を脱《ぬ》ぐっていう、自分だけの決意表明だったのか。

……わたしとは事情がちがう。

「柚菜は今の中学、楽しい？」

わたしの質問に柚菜が迷いなくうなずくのを見たとき、心に小さな痛みが走った。

「入学して、みんなでいっせいにスタートを切れるのがうれしかったんだ。今までは、出来上がったところに飛び込《こ》んでばっかりだったから。中学では名前覚えるのも、校舎の場所を覚えるのも一緒《いっしょ》のタイミングでしょ。緊張《きんちょう》してるのはあたしだけじゃないんだって実感したし。友達もけっこうできたよ」

柚菜はわたしだけじゃなくて、中学に、本当の居場所に、たくさん友達がいるんだ……。

心が、ズキズキする。がっかりしている自分に気づいてしまう。

わたしは自分勝手な痛みに気づかれないように、「よかったね」と笑顔《えがお》を向けてみせた。

「じゃあ、柚菜の決意表明は達成してるってことだね」

そう言ったとき、わたしはふと違和感《いわかん》を抱《いだ》いた。

何だか、『ことだまメイト』の設定とはちょっとちがう。

あの本では、入れ替《か》わってお互《たが》いの願いごとを叶《かな》え合うことになっている。

しかも、入れ替《か》わる条件は、〝まったく同じ日に、まったく同じ願いごとの言葉を書くこと〟だった。でも柚菜が書いたのは、入学式前日だって言ってるし……。

入れ替《か》わる時間帯といい、『ことだまメイト』の入れ替《か》わりと設定が所々《ところどころ》ちがうのは、何か意味があるのかな？

「うん、達成してる。たぶん、ね」

考え込《こ》むわたしの隣《となり》で、ぽつりと柚菜は言った。

「たぶん？」

「気づけば中学でも、やっぱり嫌《きら》われないようにしようって常に気をつけてる。今度は、六年間も一緒《いっしょ》にいるんだから好かれなきゃって。だからさ、結局どこからどこまでが素なのか分からないんだ」

本当の自分って難しいねー、と柚菜はつぶやいた。

本当の自分。

それって誰《だれ》かが定義してくれるわけじゃない。これだ、って自分で実感するしかないのかな。

「初奈は？　やっぱり小学校の頃《ころ》の自分から変わりたかったの？」

「柚菜とはちょっとちがう、かな……」

わたしはぽつぽつと話し始めた。

「小学校のときは、奔放《ほんぽう》っていうか野生児っていうか、思ったことをそのまま言ってたし行動に移してた。本当のわたしを隠《かく》すなんて思いつきもしなかったよ。だけど……」

ここから先を話すのは怖《こわ》い。言葉にすることで、塩を塗《ぬ》るように傷口が染《し》みてしまうかも。

でも。柚菜にならば話したい。

そう思って打ち明けた。

知らず知らずのうちに、自分の好きなものを友達に押《お》しつけてしまっていたこと。

それをきっかけに、卒業式の日に仲間外れにされたこと。

中学では大人しくいい人でいようと思って猫《ねこ》をかぶってしまったこと。

「だけど……猫《ねこ》かぶってみても、うまく友達できなくて。息苦しくて後悔《こうかい》してるっていうか。もう猫《ねこ》をかぶるのやめたい。でも、今さら本当の自分なんて見せられないよ」

「じゃあさ、今あたしとしゃべってるのは、どっちの初奈なの？」

「え？」

「猫《ねこ》、かぶってるの？」

まっすぐ瞳《ひとみ》をのぞきこまれて、一瞬《いっしゅん》言葉につまった。

今、しゃべってるのは……。

わたしは、首を左右に振《ふ》った。

「柚菜とは、好きなものや推《お》したいものが一致《いっち》するからかもだけど……。柚菜といるときは、わたし無理してない。それって、猫《ねこ》をかぶらないでいられてるってことだと思う」

それは自信を持って言い切れる。

「よかった。あたしも、初奈には好かれなきゃって、打算とか計算しないでいられるんだ」

その笑顔《えがお》を見たとき。

ああ、こういうものがほしかったんだって、じんとした。

きっと猫《ねこ》をかぶったまま友達が何人できたって、こんな気持ちには辿《たど》り着けない。

一人でも本当のわたしを好きと言ってくれる人がいるなら、他の時間を乗り越《こ》えることができる。

九月の始まりを恐《おそ》れていた心が、少しだけ前を向いた。

「じゃあ、わたしが猫《ねこ》をかぶらないでいられたら、この入れ替《か》わりは終了《しゅうりょう》するって仕組みなのかも？」

「初奈が猫《ねこ》を脱《ぬ》げるように、あたしも何か協力できないかな」

柚菜が腕《うで》を組んで考え込《こ》んだ。

「ありがと、柚菜」

その気持ちはうれしいけど、内心さすがにそれは無理だと思った。だって別々《べつべつ》の学校の生徒なんだし。

着席したわたしは、ひとりでそんなやり取りを思い出していた。

今日は始業式の前に、朝読がある。

わたしは机の上に、今日も『ことだまメイト』を用意した。学校図書館で、一学期からずっと借り続けている。二人宛《あて》のサイン本もゲットしたけれど、それは柚菜の家の本棚《ほんだな》に保管中。

わたしは大きく息を吸って、入れ替《か》わりの瞬間《しゅんかん》を待った。机には朝読ノートと小さなメモ用紙も一枚。柚菜のクマのお絵《え》描《か》き用だ。

小池先生も現れ、朝読の開始のチャイムが鳴ると。

ぐらん。

ああ、やっぱり来た。

不快なはずのめまいなのに、まさに今、柚菜も同じ感覚を味わっていると思うと、口元がちょっと緩《ゆる》んでしまった。

入れ替《か》わりは二学期も続くんだ。

元に戻《もど》ったとき、どんなクマが描《えが》いてあるかな。


六百秒後。

「レッツ・イメチェン！」

二学期初日の入れ替《か》わりが終わると、メモにはそんな吹《ふ》き出し付きのクマのイラストが描《か》かれていた。なぜか、クマの隣《となり》には、ネコのイラストも。

何だ、柚菜けっこう絵うまいじゃん。

っていうか、レッツ・イメチェンって？

意味が分からないまま、わたしはメモをお守りのようにポケットにしまった。

今日はこれから校庭で始業式だ。

それまでの間、陣内《じんない》さんと川本《かわもと》さんと一緒《いっしょ》に過ごさせてもらおう。

立ち上がり、黒板のそばでしゃべっている二人のところに移動するまで、何だかクラスメイトたちからのチラチラした視線を感じた。

わたし、顔に何か付いてる？

頬《ほほ》をさわりながら、「おはよう」と二人に近寄ると。

「さ、沢下《さわした》さん」

「おはよう……」

おそろいみたいにそっくりの黒縁《くろぶち》眼鏡をかけた陣内さんと川本さんは、ぎこちないほほ笑《え》みを向けてきた。

何か……引いてる？

「さっきの朝読の時間、びっくりしちゃった」

川本さんは眼鏡の奥《おく》の瞳《ひとみ》をしばたたかせながら言った。

「え？」

ぽかんとしてしまう。

どうやら、わたしが入れ替《か》わっている間に何かあったらしい。

「どうしたの？」

「どうしたじゃないってば。ブックトークやるなんてすごいね」

陣内さんがそう言って、なぜか一歩後ずさった。

「えっ？　ブックトーク？」

思わず声がワントーン高くなった。もしかして、うちの学校でも、誰《だれ》かブックトークをすることになったの？

「ごめん、朝読のときちょっと眠《ねむ》くてちゃんと聞いてなかった。今度、誰《だれ》がブックトークやるの？」

「何言ってるの？」

「誰《だれ》がって……」

顔を見合わせた二人は、次の瞬間《しゅんかん》声をそろえた。

『沢下さん』

「ぐっ、え？　ええっ!?」

踏《ふ》まれたカエルのような声が飛び出した。

何それ何それ⁉

ちょ、ちょっと待って……。

「朝読のときにいきなり立ちあがって、みんな驚《おどろ》いてたね」

「あの場で『ブックトークやらせてください』なんて、なかなか言えないよね」

「うちらじゃ無理。そんな勇気ないよー」

二人はうんうんと頷《うなず》き合っている。

「小池《こいけ》先生も驚《おどろ》いてたし」

「『実施日《じっしび》を考えておく』とか言ってたけど」

「早く決まるといいよね」

どうやら、二人の話をつぎはぎしてつなげると、わたしは朝読中に挙手して立ち上がり、ブックトークをしたいと小池先生に主張したらしい。

全身の血がサーっと下がって行く気がした。

ああ、だからさっき、みんなわたしにチラチラ視線を送ってたのか……。

教室のスピーカーから、校内放送のピンポンパーンと間の抜《ぬ》けたチャイムが鳴る。

「まもなく始業式が始まります。生徒のみなさんは、クラスごとに校庭まで移動してください」

あーめんどくせー。校庭暑すぎだろ。ねえ早く並んでよ。

みんながブツブツ言いながら廊下《ろうか》に並び始める。

川本さんと陣内さんが二人仲良く、わたしから離《はな》れて行く。また一人になってしまう。

早く追わなきゃ。でも、わたしはしばらく動けなかった。

柚菜、何やってんの⁉

始業式の校長先生の話なんて、全く耳に入らなかった。その場で地団駄《じだんだ》を踏《ふ》みたい気持ちをこらえ、終わると職員室に直行した。

早く阻止《そし》しなくちゃ！

「失礼します！　一年B《ビー》組、沢下初奈です」

緊張《きんちょう》しながらドアを開けると、ノートパソコンを見ていた小池先生が振《ふ》り返った。

「小池先生、さっきの朝読のときの話なんですけど」

「おう、沢下。ブックトークだけど、十月最初の朝読の時間に頼《たの》むよ」

「えっ、ちょっと待ってください。わたしやっぱり、」

「君みたいな生徒があんな提案をしてくれるなんて思わなかった。先生はうれしいぞ」

うんうんと、小池先生は腕組《うでぐ》みをして満足げに頷《うなず》いた。

キミミタイナセイト……。

小池先生が何気なく使ったその言葉が引っかかる。

それって、どういう意味？

小池先生は小学校時代のわたしを知らない。

ってことは、今の、猫《ねこ》をかぶった、地味で無口な沢下初奈ってことか……。

ちがう、それは本当の「わたし」じゃない。

「沢下がそんな情熱を秘めてたなんて知らなかったよ」

「先生、わたしブックトーク辞退します」

「なんだ、遠慮《えんりょ》なんかしなくていいんだぞ」

「遠慮《えんりょ》とかじゃなくて……」

「そうそう、さっそく学年主任の大本《おおもと》先生に話したら、ブックトーク見に来るって
おっしゃってた。期待されてるぞ、沢下！」

と、とんでもないことになってしまった……。

衝撃《しょうげき》のあまり、もう否定するエネルギーが飛んで行ってしまった。

職員室を出たわたしは、とぼとぼと教室に帰る。

今日これからの予定は、午前中いっぱいの学級活動だ。一刻も早く帰りたい。

開け放たれた教室のドアの前に立ったとき。

「わたしにブックトークやらせてくださーい！」

窓側で固まっている女の子たちの輪から、そんな声が聞こえた。

続けてきゃははっと笑い声が弾《はじ》ける。

もしかして、「わたし」のモノマネしてる……？

恐《おそ》る恐《おそ》る声の方に顔を向けると、舞香《まいか》とのっちがいる、女子の六人グループだった。運動部に所属していてアクティブな子が多いグループ。

「あれ、めっちゃ眠気《ねむけ》が覚めたわ」

「沢下さんどうしちゃったんだろうね、急に」

そう言ったのは、わたしとほとんどしゃべったことのない長谷川《はせがわ》さんと中村《なかむら》さんだ。聞こえないふりをして自分の席に着いても、耳はその会話を敏感《びんかん》にとらえてしまう。

「舞香とのっちは、沢下さんと同小だったんでしょ？　前からそういう人なの？」

どきっと心臓が跳《は》ねた。

二人は何て答えるの……？

わたしはちらりと窓側に目をやった。

「うーん、小学校のときは別にそんなに本好きって感じじゃなかったよね？」

「うん。最近あんま沢下さんと話さないけどね」

舞香の言葉に、のっちが同意する。

『沢下さん』……。

その言葉は、石のように硬《かた》くて冷たかった。

そっか。もう舞香やのっちは『初奈』って呼んでくれないんだ……。

追い打ちをかける言葉が聞こえたのは、その直後だった。

「ふーん。ていうか、ブックトークって何？」

「直訳すると『本の話』？　本とか興味ないんだけど」

「何か、つまんなそ」

つまんなそ。

長谷川さんの一言で、今度はぼっと顔が熱くなった。

「しっ、そこにいるよ」

グループの誰《だれ》かがわたしの存在に気づいたみたいだ。「しっ」というわりに、その声は大きい。

コンセントから引き抜《ぬ》かれた電化製品みたいに、彼女《かのじょ》たちはプツッと静かになった。

今、舞香たちはどんな表情をしてるかな。にやにや笑ってるのかな。

そちら側を見ないように、わたしは頰杖《ほおづえ》で顔を固定して、ひたすら黒板の方を向いていた。

朝読中のわたしの奇行《きこう》は、きっとみんなのかっこうの話題だ。

これじゃ猫《ねこ》のかぶりものどころか、ピエロの衣装を着てるようなもんじゃん。

校門を出るなりすぐに、
《柚菜、どういうつもり⁉》
怒《いか》りと戸惑《とまど》いと苛立《いらだ》ちをぎゅうぎゅう詰《づ》め、スマホのメッセージを投げつけた。
ようやく返事が来たのは、夕方六時を過ぎてから。
メッセージはたった一言。
《イメチェン大作戦！》
どういうこと？
話した方が早い。家にいるお母さんに聞かれないように、部屋の布団《ふとん》にもぐって

電話をかけると、

「あはは、びっくりした？」

柚菜はあっけらかんとして言った。

「かぶってる猫《ねこ》を脱《ぬ》ぐための起爆剤《きばくざい》を仕掛《しか》けようと思って」

「キバクザイ？」

「みんなの前でブックトークやるなんて立候補したら、『沢下さんって大人しい人って思ってたけど、本当はどんな人なんだろ？』って気になるでしょ？　大丈夫《だいじょうぶ》、本番ブックトークするのは、入れ替《か》わってるあたしだから。初奈の印象がよくなるように頑張《がんば》るよ」

「ありえない！　無理！　却下《きゃっか》！」

わたしの知らないところで、柚菜が沢下初奈としてクラスの前でブックトークをする。考えただけで、あーっと頭をクシャクシャ掻《か》きたくなる。

大人しくて目立たないクラスメイトが、いきなりブックトークなんかしたところで、仲良くなりたいと思うわけない。

荒療治《あらりょうじ》すぎる……。

「ていうか、どうして昨日のメッセージで何も言ってくれなかったの？」

「事前に言ったら、初奈が反対するかなと思って」

「そりゃするよ！　柚菜さ、ほんとは自分がブックトークしたかっただけなんじゃないの？」

「白状すると、まあそれもある。十一月の文化祭で発表するから、その練習をしてみたかったっていうか」

「練習って……」

あきれて、言葉を続ける気力がなくなった。

柚菜がこんな自己中だなんて思わなかった。

今日の舞香《まいか》たちの女子グループの反応を思い出す。勝手な思いつきのせいで、あんなに嫌《いや》な思いをしたことも、柚菜は知らないんだ。

「でもそれ以上に、初奈の猫《ねこ》を脱《ぬ》がせたかったからだよ」

「勝手なことしないで！」

目の前に柚菜がいたら、ベッドの上のクッションをばふんと投げつけてやりたい。

「だってさ、クラスの女子にどう思われたか知ってる？　ブックトークなんてつまんなそうって陰口《かげぐち》言われたんだよ」

「………」

「そういう余計なこと、二度としないで！　朝読はただ大人しく座ってればいい！　ブックトークなんか誰《だれ》も聞きたくないんだよ！」

感情のままに言葉を振《ふ》り落とすと、

「初奈もブックトークってつまんないって思ってる？」

柚菜の声が低くなった。

「そんなこと……」

しまった。言い過ぎたかも。

そう思っても、もう取り消せない。

「たしかに、勝手にブックトークをやるって立候補したのは悪かったよ。でもさ、入れ替《か》わりを止めるためにはきっと、初奈の願いを叶《かな》えることが必要でしょ？　それに、初奈が学校で猫《ねこ》をかぶるのつらそうだったから……。あたしがブックトークすることで、初奈が本当の自分を出すきっかけになればって、これでも一生懸命《いっしょうけんめい》考えたんだよ」

柚菜の声が震《ふる》えている。その感情が怒《いか》りなのか悲しみなのか、電話越《ご》しでは分からなかった。

「あたしが初奈のために何かしてあげられる時間は、あの十分間しかないんだもん」

「……………」

何て言葉を返したらいいか、分からない。

スマホに当てている耳が、熱い。

沈黙《ちんもく》が続いた後、

「初奈としゃべってるとイライラする！」

バンッとドアを閉ざすように、柚菜は電話を切ってしまった。

どうしよう、とわたしは布団《ふとん》にくるまったまつぶやいた。

『初奈もブックトークってつまんないって思ってる？』

柚菜とわたしの間には、その言葉が溝《みぞ》になって横たわってしまった気がする。

つまんない、なんて思ってるわけないのに。

爪《つめ》が食い込《こ》むほどギュッと、両手でわたしはクッションを握《にぎ》りしめた。


翌朝、寝不足《ねぶそく》の頭を抱《かか》えながら、通学路を歩いていた。昨夜は柚菜との電話を引きずって、よく眠《ねむ》れなかった。

今日こそはブックトークを辞退しなくちゃ。それに、柚菜と仲直りもしなくちゃ。

辞退、仲直り、辞退、仲直り……。

あーもう、どうしたらいいの？

柚菜のしたことは、確かに勝手だ。突拍子《とっぴょうし》もなさ過ぎる。

でも……。

わたしの猫《ねこ》を脱《ぬ》がそうとしてくれたんだとしたら。

柚菜の気持ちを考えずにキレてしまった自分が恥《は》ずかしくなる。

だからといって、やっぱりクラスの前でブックトークはしてほしくないし……。

こんな気分のまま、今日ももうすぐ朝読の時間を迎《むか》えてしまう。

ケンカしてる相手と入れ替《か》わるなんて気まず過ぎる。柚菜もきっと、わたしの体に入るなんてイヤだろうな……。

昨日以上に、登校する足が重い。

うつむいたまま教室に入ると、そこだけ花が咲《さ》いたようにカラーペンでデコられた上履《うわば》きが視界に入り込《こ》んだ。

「沢下さんっ、おはよっ」

この声って……。

上履《うわば》きから制服、そして顔に視線を上げると、そこにいるのは自信たっぷりな笑《え》顔《がお》を浮《う》かべる矢田《やだ》さんだった。

矢田さんから挨拶《あいさつ》されるなんて初めて。なのに、矢田さんはやけに親し気に話しかけてきた。

「いつやるか決まった？　何とかブックってやつ」

「え、あ、ブックトーク……？」

「そー、それそれ。楽しみにしてるから」

楽しみ？

思わず、ぽかんとしてしまう。

……わたし、からかわれてるのかな。

「朝読ってマジ眠《ねむ》くて。何か面白《おもしろ》いこと起こらないかなーって、いつも思ってたんだ。そしたら、まさかの沢下さんでしょ」

「いや、あの、わたしブックトークは……」

辞退するんだ、そう言おうとしたけれど、

「沢下さんって面白《おもしろ》いね。そーゆーキャラだったのってビックリした」

矢田さんは、にぱっと笑ってわたしの背中をぱしぱし叩《たた》いてくる。

その手は温かくて、表情や仕草にトゲや皮肉は感じなかった。

辞退する。喉《のど》まで上がって来ていたその一言が、自然と下がって行く。

「あたし、今まで沢下さんのこと勘《かん》ちがいしてたかも。あ、そうだ。初奈って呼んでいい？」

「あ……うん」

「よろしくね、初奈」

じゃ、と矢田さんは手をひらひら振《ふ》ると、「おはよーっ」といつものグループの輪に入って行った。舞香たちとは別の、クラスで一番目立つ女子グループだ。六人とも、いつも髪《かみ》がきれいにブローされていて、まだ中一だけどスカートが短くて。

それがサマになっている子たちだ。

そのなかでも中心になっている矢田さんが、わたしを〝初奈〟と呼んだのが、信じられなかった。

矢田さん以外の五人は、舞香たちと同じようにブックトークなんてつまんなそうって思ってるかもしれない。

でも。そんなの関係なく、矢田さんは一人でわたしに話しかけてきてくれた。

『楽しみにしてる』。その言葉を信じたくなる。

舞香たちのグループの反応が、教室のすべてじゃないんだ。

もし。

灯人先輩《ともとせんぱい》やatikotti《アッチコッチ》の梅《うめ》ちゃんみたいなブックトークを「わたし」が披露《ひろう》できたら……。

矢田さんと、もしかしたら他の誰《だれ》かとも、仲良くなれるかもしれない。

わたしはスカートのポケットに手を差し入れる。中に入っているのは、昨日から入れたままのメモ。

「レッツ・イメチェン！」

取り出すと、柚菜の描《か》いたクマのイラストが、わたしに笑いかけていた。クマがネコにイメチェンをすすめるなんて、ヘンなの。

今だったら、柚菜の気持ちを受け取れる。

その日、朝読で入れ替《か》わる前、わたしは自分の机にメッセージを書いた。放課後スマホで伝えるより、こっちが速い。

《昨日はごめん。

ブックトーク、お願いします！》

## 8　BTM《ビーティーエム》

日曜日。柚菜《ゆずな》との待ち合わせは、朝十時。
場所はattikotti《アッチコッチ》の最寄《もよ》り駅の改札だ。
矢田《やだ》さんに話しかけられてブックトークをやろうと（正確には、やってもらおうと、だけど）決めた日、机の書き込《こ》みに気づいた柚菜から、すぐにスマホにメッセージが届いていた。
《二人でBTM《ビーティーエム》しよ！　今週日曜の朝、attikotti《アッチコッチ》で！》
BTM《ビーティーエム》……？　BTはたぶんブックトークの頭文字だろうけど。
《Mって何？》
《ミーティング！》
一瞬《いっしゅん》で返事が返ってきた。

ブックトークミーティングって、何やるんだろ？
よく分からなかったけど、とりあえずブックトークをやる方向で進んでよかった。ケンカの翌日にまた挙手して今度は「辞退します！」なんて宣言されたら、ってちょっと心配してたから。

七月は灯人先輩《ともとせんぱい》と歩いたattikotti《アッチコッチ》までの道を、今日は柚菜と歩く。九月最初の日曜日はまだまだ暑くて、額に汗《あせ》がにじんだ。

「ミーティングの場所、何でattikotti《アッチコッチ》にしたの？」

「図書館でもいいと思ったけど、声のボリュームに気をつけないといけないでしょ？ attikotti《アッチコッチ》ならふつうにしゃべれるし、色んな本も置いてあるから。それに、分かんないことがあったら朔《さく》さんたちからアドバイスもらえそうじゃん？ さすがに入れ替《か》わりのことは言えないけど」

「あー、そっか」

「まあ、attikotti《アッチコッチ》のプリン食べたかったっていうのが本音だけど。真っ赤なサクランボのってて可愛《かわい》いんだよ」

「そっちか」

つっこみながら、ほっとする。

よかった。普通《ふつう》に話せる。

電話でケンカして以来、直接会うのは初めてだから、実は今朝からちょっと緊張《きんちょう》していた。

あのさ、とわたしは前を向いたまま切り出した。

「こないだの電話のとき、ごめん」

隣《となり》を歩く柚菜が、こっちに顔を向けるのが視界の左端《ひだりはし》で見えた。

「こっちこそ……逆ギレとかしてガキっぽかったよね。でも、どうして急に心変わりしたの?」

「ブックトーク楽しみにしてるって言ってくれた人がいたんだ。今まで全然しゃべったこともない人なんだけど、何か……その一言がすごく嬉《うれ》しくて」

「もしや男子?」

なぜか目を輝《かがや》かせる柚菜に、ちがうちがうと首を振《ふ》る。

「クラスの中心で自信満々《じしんまんまん》に振《ふ》る舞《ま》ってるような女子。華《はな》があるっていうか、JC《ジェーシー》のプリンセスって感じの子」

「あー、いるいる。うちのクラスにも」

おたがいそういうタイプじゃないわたしたちは、うなずき合った。

「その子はブックトークを全然知らないみたいで……。おもしろさを体感してほしいって思ったんだ」

「で、初奈《はつな》もイメチェンしてプリンセスと仲良くなれれば一石二鳥ってことだね」

「そういうこと、です」

図星のわたしは、気になっていたことを訊《き》いてみる。

「柚菜さ、こんな話されてプレッシャー感じないの?」

もし、わたしだったら。

レベルの高いブックトークをしなきゃって緊張《きんちょう》しちゃう気がする。こんなことを引き受けるなんて、サーカスの綱渡《つなわた》りをするくらいの度胸だ。

「うーん。不思議とあんまり感じないんだ。〝あたし〟じゃないからかも」

「〝あたし〟じゃない？」

「もし、岩田《いわた》柚菜として自分のクラスでブックトークを披露《ひろう》するんだったら、たぶん緊張《きんちょう》する。でも、本番、あたしは沢下《さわした》初奈でしょ？　もし失敗しても、すべってても気が楽っていうか。聞いてるのは、つながりのある子たちじゃないし。当たって砕《くだ》けろって感じ」

「ちょ、砕《くだ》けないでいただきたいんですけど」

「あはは、分かってるって」

それに、と柚菜はちょっと真顔になって言葉をつなげた。

「ブックトークなんてつまんなそうって思ってる初奈のクラスの子たちを見返したいんだ。あたしだって、最初は別に興味なかった。ブックトークの部活なんて、楽しいのか謎《なぞ》だったし。部活なのにおべんきょーっぽいっていうか、真面目《まじめ》くさい人たちの集まりかと思ってさ。だけど、実際先輩《せんぱい》たちがやってるのを見たら全然ちがった。ブックトークってエンタメじゃんって思った」

「それ、分かる！　ブックトークって、ショーっぽいよね。聞くっていうか、むしろ参加するって感覚に近いかも」

そう。そうなんだ。

『朝の十分間で、みなさんを時間の旅へお連れします』

あの日、ツアーガイドのように旗を持っていた灯人先輩《せんぱい》を思い出す。

全然押《お》しつけがましくなくて、気づけば読みたくなっていた。

柚菜がわたしに代わって、そんなブックトークをしてくれたら。

おまけに、無口なわたしのイメチェンまでしてくれたら。

そう考えると、一切れのショートケーキにイチゴが二つのっているみたいにワクワクする。


バナナ色の扉《とびら》を開けると、開店直後のattikotti《アッチコッチ》にはすでに数人のお客さんがいた。

お茶を飲んだり本を開いたり、思い思いに過ごしているようだ。

灯人先輩《せんぱい》は……いない。

そりゃそうだよ、とちょっぴり期待していた自分をたしなめる。

「あっ、久しぶり！　灯人くんの後輩《こうはい》ちゃんだ」

遥《はるか》さんがわたしたちを二人掛《が》けのテーブルに案内した。覚えてくれてたことが照れくさくて、でもうれしい。

「注文が決まったらおしえてね」

遥さんがテキパキとわたしたちにメニューを手渡《てわた》す。

「柚菜はプリンでしょ？」

「うん。飲みものは水でいいや。初奈は？」

メニューをめくっていると、珍《めずら》しいものを見つけた。

【attikotti《アッチコッチ》 特製お粥《かゆ》】

お粥《かゆ》？　お粥《かゆ》なんて、カフェじゃなくて病院みたい。何でこんなメニュー作ったんだろう。

もちろんお粥《かゆ》はスルーして、

「わたしもプリンにする」

遥《はるか》さんにプリンを二つオーダーすると、さっそく柚菜は宣言した。

「じゃ、ＢＴＭ開始します！」

「ミーティングって何するの？」

「まずはテーマ決めだね」

「テーマ？」

「そう。初奈ももう知ってると思うけど、ブックトークってテーマが必要なの。そのテーマの本を何冊か選んで、順番を決めて紹介《しょうかい》するんだよ。朝読の十分なら、三、四冊くらいかな」

そういえば。初めて聞いた灯人先輩《せんぱい》のブックトークは〝タイムトラベル〟、梅原さんは〝海からはじまるストーリー〟がテーマだった。

「テーマってどんなのがいいの？」

「何でもありだよ。自分が好きなものとか。麺《めん》類好きな先輩《せんぱい》は〝ラーメン〟がテーマだったし、韓流《ハンリュウ》アイドルにはまってる先輩《せんぱい》は〝韓国《かんこく》〟にしてたよ」

「わたしの好きなもの、かあ……」

『ちょっと、押《お》しが強すぎたっていうか……』

ふと、一学期にばったり会ったゆきぽんの言葉が、耳元で蘇《よみがえ》った。

ダメだ、わたしが好きなものをテーマに選べば、またみんなに押《お》しつけがましいって思われちゃうかも。

「テーマ、好きなもの以外で決める方法ない？」

「うーん。学校行事に合わせるのもありだよ。たとえば、もうすぐ合唱コンだったら〝音楽〟とか、体育祭なら〝スポーツ〟とかが定番かな」

「あー、そっか」

体育祭は、もう五月に終わってる。合唱コンなら十一月にあるけれど……。

いまいち、ピンと来ないかも。

どうしよう。頼《たよ》りになりそうな元図書館員の朔さんはキッチンで忙《いそが》しそうだし、梅ちゃんは出勤してないみたい。

「柚菜は文化祭で何のテーマでやるかもう決まってるの？」

「うん。〝ザ・漂流《ひょうりゅう》〟」

「ひょうりゅう？　どーゆうこと？」

「あたしさ、転校ばっかりしてきたって言ったでしょ？　何だか、色んな学校と学校の間を漂流《ひょうりゅう》してるような気持ちになったんだよね。だから、それをテーマにしちゃえって」

「おもしろそう！　でもどんな本を紹介《しょうかい》するの？」

「まだ考え中だけど、ぜったい入れたいと思ってるのが『漂流《ひょうりゅう》郵便局』っていう本。届け先の分からない手紙が流れ着く郵便局で、瀬戸内海《せとないかい》の島に実在するんだよ」

「何それっ。ファンタジーみたい。読んでみたい！」

「ここにもあるかなー？」

席を立って、本棚《ほんだな》で探し始めた柚菜の背中をわたしはポンと叩《たた》いた。

「決めた！　ねえ柚菜、うちのクラスでもそのテーマでやって！」

「え、同じでいいの？」

「うん、わたしもピンと来たもん」

「沢下初奈のブックトークなんだから、初奈がテーマ決めた方がいいんじゃない？」

「わたしには特にこれってテーマ思い浮《う》かばないし。それに、柚菜の選んだ本なら、たぶんわたしも気に入ると思う」

好きな食べもの、ゲーム、動画チャンネル。柚菜とは色んなものがぱちっと重なった。柚菜が選ぶ本ならまちがいない。

「そうかなあ……」

「そうだよ」

ちょっと考え込《こ》む柚菜をプッシュする。

「じゃあ、『漂流郵便局《ひょうりゅうゆうびんきょく》』が初奈の学校図書館にあるかどうか、確認して。ブックトークで紹介《しょうかい》する本は、できれば学校にも置いてあるものがいいよ。そうすれば、ブックトークのすぐ後に読めるから」

「そっか、了解《りょうかい》！」

きっとうまくいく。そんな予感に包まれていた。

翌日、月曜日の放課後。

学校図書館の貸出カウンターにはいつも通り図書委員の人たちがいて、司書のフラワーさんはしゃがんで書棚《しょだな》の整理をしていた。

整った顔立ちのクールな女の人、といった印象なのに、みんなから何だかメルヘンなあだ名で呼ばれているフラワーさん。

毎年、新入生の図書館ガイダンスのときに、「司書の花水《はなみず》です。ハナといってもフラワーの方です」なんて真顔で言うのが由来らしい。

「あの、すみません」

わたしはフラワーさんに声をかけた。話すのはこれが初めてだ。

「『漂流郵便局《ひょうりゅうゆうびんきょく》』って本、ここにありますか?」

「ああ、あるよ」

フラワーさんはぱっと立ち上がると、書架《しょか》の間をすいすい歩きだした。その慣れた様子は、コンパスもなしでジャングルを歩く探検家みたいだ。

「すごい、パソコン使わなくても覚えてるんですか」

「ここにある本は、わたしの可愛《かわい》い子どもたちみたいなものだから」

はい、どうぞ。と、あっという間に見つけ出した。

「ありがとうございます！　これ、借りたいんですけど」

「じゃあ、貸出手続きするね」

フラワーさんとカウンターに向かい、

「あと、これを借り直したいんですけど……」

わたしはカバンから『ことだまメイト』を取り出した。四月の終わりから、もう何度も借り直していて、そろそろ図書委員から怪訝《けげん》に思われるんじゃないかと心配していたところだった。

「この本……」

いい加減返して、と言われるかなと思ったとき。

「この学校の卒業生が書いたんだよ」

フラワーさんが、どこか誇《ほこ》らしそうに胸を張った。

「井馬《いま》ここって、うちの卒業生なんですかっ」

図書館のイベントで、井馬ここは中丘区《なかおかく》の出身だと言っていた。そのとき、まさかと思ったけど、ビンゴだったんだ。

「一昨年《おととし》、中三の秋にこの作品で新人賞を受賞してね。本人が照れながら打ち明けて、校内でも話題になったのよ。まさかうちの学校の岬《みさき》さんが作家デビューするなんてって」

「ミサキさん？」

「ああ、彼女《かのじょ》の本名。岬はつなさんっていうの」

ネットとかには書き込《こ》まないでね、とフラワーさんは唇《くちびる》に人差し指を立てた。

「ミサキ、ハツナ……」

「あなたと同じ名前だね。沢下初奈さん」

フラワーさんがわたしの貸出カードを見てほほ笑《え》む。

「このデビュー作が出版されたのは、岬さんが高校に入学してからなんだけど、岬さんが元担任の先生に本を持って会いに来たの。『この本を学校に置いてほしいんです』って。それで、先生が本を学校図書館に持っていらしたのよ」

「…………」

「岬さんが知ったら、きっと嬉《うれ》しいんじゃないかな。自分と同じ名前の後輩《こうはい》が、この本を好きになってくれて」
頭のなかがグルグルして、フラワーさんに返事をする余裕《よゆう》はなかった。
必死に整理してみる。
井馬ここは、ナカサンの生徒だった。
本名は、〝岬はつな〟。
この本が出版されたとき、自分で母校に持って来た。
ってことは……。

Dear《ディア》 Hatsuna《ハツナ》
I'm《アイム》 here《ヒア》.

本の最後にある書き込《こ》みは、きっと井馬ここ本人が書いたもの。
もしかして、中学時代の自分自身に宛《あ》ててサインしたってことかもしれない。
だとしたら。

もう一冊、柚菜の学校にあった、〝Dear Yuzuna《ディアユズナ》〟の書き込《こ》みは?

『ハツナとユズナ……』

図書館でのサイン会のとき、井馬ここは、わたしたちの名前に反応していた。

っていうことは、ユズナは想洋《そうよう》学園に通ってる友達とか……?

入れ替《か》わりの謎《なぞ》のヒント、見つけたかも!

すぐに柚菜に伝えたくなった。貸出手続きを終えると、カバンを開け、こっそりスマホの電源を入れた。

すると。

先に、柚菜からのメッセージが届いていた。

何だろ、と見た瞬間《しゅんかん》、わたしは目を疑った。

ウソでしょ……。

《うちの学校、来週から朝読なくなるって!》

## 9　わたしだって、もしかして

約二週間後の日曜日。

わたしたちは、前回とは全くちがうテンションでまたattikotti《アッチコッチ》に集合した。

「ヤバい、どうしよう……」

わたしは途方《とほう》に暮れていた。

だって……入れ替《か》わらなくなってしまったのだ。

このあいだの月曜日から、柚菜《ゆずな》の学校では朝読書の時間がなくなった。

柚菜のメッセージでそれを知らされてから、ずっとハラハラしていた。片方の学校の朝読がなくなったら、毎朝の入れ替《か》わりはどうなるんだろうって。

もし、入れ替《か》わらなくなったとしたら、ふつうに考えればハッピーエンドだ。

でも、ブックトークをやると宣言してしまった。もし入れ替《か》わらなければ、柚菜

にブックトークをやってもらうことはできない。

つまり、わたしが自分でブックトークをしなくちゃいけなくなる。

無理、ぜったい無理。そんな度胸はどこにもない。

想洋学園《そうよう》で朝読がなくなる初日、わたしは祈《いの》るような気持ちで朝読開始のチャイムを待った。

いつものように小池先生がみんなに本を用意するよう声をかけ、チャイムがキーンコーンと鳴り始めた。

でも。

朝読ノートの文字が、光らない。

わたしはぎゅっと目をつぶる。

来て、めまい来て。

そうじゃないと……困る。

祈《いの》りもむなしく、チャイムが鳴り終わるまでめまいは来なかった。一縷《いちる》の望みを握《にぎ》りしめ、目を開ける。

これは……わたしの体、だ。目に映ったのは、チャイムの前と変わらない教室だった。

その翌日からも、結果は一緒《いっしょ》。

柚菜の学校の朝読がなくなったことで、わたしたちの入れ替《か》わりは消滅《しょうめつ》してしまったらしい。

「初奈《はつな》、夕暮れの森で迷子になったみたいな顔してる」

「そりゃ、そうだよお」

でも、迫《せま》りくるのは日没《にちぼつ》ではなく、二週間後のブックトーク。

「こんなタイミングで柚菜と入れ替《か》わらなくなるなんて、信じらんない！」

これじゃ全然ハッピーエンドじゃない。

「ていうか、柚菜の学校って、朝読やめて何をする時間になったの？　小テストとか？」

「ううん。朝早」

「アサハヤ？」

「朝の早口言葉のこと。何か、一時間目眠《ねむ》そうな生徒が多いから、口周りの筋肉を動かしてしゃっきり目覚めなさいって校長が思いついたらしい」

「何それっ⁉　そんな思いつきいらないよ」

もーっとわたしは天を仰《あお》いだ。天井《てんじょう》から吊《つ》り下がっている、逆さのチューリップみたいな形の照明が見える。

入れ替《か》わらなくなったんだから、もう十二音の願いごとを無理に叶《かな》えようとする必要もない。

何だか、ヘンなの。『ことだまメイト』の十一組の登場人物たちはみんな願いごとを叶《かな》え合って元に戻《もど》ったのに、わたしたちはこんな形で入れ替《か》わりが終わっちゃうなんて……。

わたしたちが入れ替《か》わったのは、いったい何のためだったんだろう？

まあともかく、自分のイメチェンのためにブックトークをする必要はなくなった。

それなら今からでも辞退しちゃえ！

心のなかのわたしがそう叫《さけ》ぶ。

でも……。

『楽しみにしてるから』

思い出すのは矢田《やだ》さんの言葉と、わたしにふれた手のひらの温度だ。

矢田さんにブックトーク、聞いてほしいのにな。

ああ、悩《なや》み過ぎておなかまで痛くなってきた。

「ちょっと、トイレ」

そう言って立ち上がったとき、ふらっと立ち眩《くら》みがした。とっさに椅子《いす》の背を摑《つか》む。

「初奈ちゃん、大丈夫《だいじょうぶ》？」

ちょうど目が合った遥《はるか》さんが心配そうに声をかけてくれた。

「あ、はい。ちょっと貧血かも」

「朝ご飯、食べて来た？」

「いえ……。今朝は、ちょっと喉《のど》を通らなかったっていうか」

苦笑いで目を逸《そ》らすと、遥さんがランチタイムの看板を持っていることに気づいた。店前に出すらしい。

十時の開店とほぼ同時に入ったけれど、気づけば壁時計《かべどけい》は十一時半近くを指している。

「えっ、初奈、朝食べてなかったの?」

今日もプリンを平らげた柚菜が言う。わたしは今日は甘《あま》いものを食べる気にもならず、オーダーしたのはウーロン茶だ。

「ねえ、よかったらお粥《かゆ》食べない? 元気がモリモリ出るよ」

そう言って遥さんがランチタイムの看板をわたしに見せる。

【attikotti《アッチコッチ》 特製お粥《かゆ》 ドリンク付き】

「お粥《かゆ》?」

そういえば、前に来店したときにこのメニューを見つけて、病人食みたいって思ったんだった。

「うちのお粥《かゆ》は、中華粥《ちゅうかがゆ》なの。中華粥《ちゅうかがゆ》って、色んな具の種類があって、食べるとすっごくパワーが出るんだよ。弱ったときだけじゃなくて、これから頑張《がんば》るぞっていうときもモリモリがっつり食べられるんだ」

「お粥《かゆ》がモリモリがっつり？」

全然イメージとちがう。

「二人とも騙《だま》されたと思って食べてみない？」

「えーっと……」

わたしは看板に書かれた値段に視線を落とす。

ドリンクとセットで八百円、なり。

ちらっと柚菜を見ると、微妙《びみょう》な表情。

これならファストフードの方がいい。たぶん、おたがいそう思ってる。

「お金、あんまり持ってなくて」

やんわり断ろうとすると、遥さんが思いがけない提案をしてきた。

「そうだ！　じゃあ二人ともお粥《かゆ》を無料にする代わりに、この後一時間うちの仕事を手伝うってのはどう？」

「え？」

「ちょうど、やらなきゃいけない仕事があるの。お客さんたち用の栞《しおり》づくり。ここにある本を読んでるお客さんが、次回来たとき続きから読めるように、希望する人には、お店特製の栞《しおり》をプレゼントしてるんだ。それが足りなくなってきちゃって」

「へえ、楽しそう！　それなら初奈、一緒《いっしょ》にやろうよ」

「……じゃあ、やってみようかな」

ブックトークのことで悩《なや》んでいてそれどころじゃなかったはずなのに、柚菜につられてうなずいていた。手を動かしていれば、少しは気が紛《まぎ》れるかもしれない。

お粥《かゆ》も無料なら、いいかも。

数分後、遥さんが運んできたattikotti《アッチコッチ》特製お粥《かゆ》はボリューム満点だった。

ラーメンやうどんみたいなどんぶりになみなみとつがれ、まるでお粥《かゆ》の海みたいだ。お米はキラキラ白く光って見える。

その海面に何か丸いものが浮《う》かんでいるけど……。

「これ、なんですか」

「スライスした揚《あ》げパンだよ。浸《ひた》して食べるとおいしいの」

「お粥《かゆ》に揚《あ》げパン？」

お粥《かゆ》ってもっとあっさり系じゃなかったっけ？

蓮華《れんげ》で掬《すく》ってみると、

「わ、肉団子？　大きい」

ゴロゴロとピンポン玉みたいな肉団子が入っていた。

「でしょ？」

遥さんが口をニッと横に広げて笑った。

「わたしね、大学で好きな人にふられちゃった夏休みに、思いきってアジアをあっちこっち行く一人旅をしたんだ。そしたら、旅慣れないもんだからタクシーでぼったくられちゃってね。泣きっ面《つら》に蜂《はち》って感じですごく落ち込《こ》んで。そんなときにふらっと入った屋台でお肉たっぷりのお粥《かゆ》を食べたら、何かすごく元気が出たんだ。汗《あせ》も涙《なみだ》も一緒《いっしょ》に出て、何があっても負けないぞって力が湧《わ》いて来たんだ。それが、わたしが旅好きになったきっかけ」

ごゆっくりどーぞ、と言い残し、遥さんは空になった銀のトレーを下げた。

「いただきます」

ふーふーと息を吹《ふ》きかけてから食べてみる。

「おいしいっ」

「これ、うまっ」

わたしと柚菜の声が重なる。

今まで食べたことのあるお粥《かゆ》って、さらっとしていて、あんまり味がしなかった。

でも、このトロトロのお粥《かゆ》はしっかり出汁《だし》が利《き》いてるし、肉団子は食べ応えがある。お粥《かゆ》がじゅんわり染《し》み込《こ》んだ揚《あ》げパンもおいしい。

ああ、そっか。きっと、栞《しおり》を作ってほしいなんて口実だ。

遥さんはわたしを元気づけるために、このお粥《かゆ》をごちそうしてくれたんだ。

「これ、お粥《かゆ》のイメージひっくり返るわ」

「だよね！　わたしもそう思ってた」

柚菜に相槌《あいづち》を打ったとき、あっと気づく。

もしかしたら、このお粥《かゆ》と同じようなこと、かもしれない。

そう、わたしはイメージを変えたいんだった。

猫《ねこ》をかぶった、おとなしい沢下《さわした》初奈のイメージを。

それだけじゃない。

「つまんなそ」なんて言われたブックトークのイメージも。

そんなことできないって諦《あきら》めてたけど……。

火にかけたお鍋《なべ》のお粥《かゆ》みたいに、おなかの底からぐつぐつと、ある気持ちがわき上がってくる。

それにフタをすることだってできる。

だけど。

このランチみたいに、わたしだって、もしかして……。

深い器《うつわ》の底が見える頃《ころ》には、おなかがぽかぽかになっていた。

食べ終わったわたしは、息を吸い込《こ》んだ。今なら言えるかも。

「ねえ、柚菜。わたし……ちょっとだけブックトークやってみたいかも」

「マジで⁉」

「でも、自分じゃブックトークを作れない。柚菜が選んでくれた本とかシナリオがあればできるかも」

「えー？　せっかく自分でやるなら初奈のブックトークをやろうよ」

そこに、

「どうだった？」

わたしたちの器《うつわ》を下げに遥さんが戻《もど》って来た。

「おいしかったです！　お礼に栞《しおり》づくりがんばります！」

「お腹いっぱいになったから、百枚でも千枚でも作れそう」

「そんなに作ってたら日が暮れちゃうよ」

遥さんがわたしたちを見て笑う。

「奥《おく》に小さいスタッフルームがあるの。栞《しおり》づくりはそこでお願いしてもいいかな？」

わたしたちは、ロッカーと小さな机の置かれたスタッフルームに移動した。遥さんが用意した材料を使って栞《しおり》を作る。

店名の印刷されたブラウンの厚紙に穴を開け、ひもを通す簡単な作業だ。ひもはカラーバリエーションが豊富で可愛《かわい》い。

二人でさくさくと作り続けていると、ドアがノックされた。

遥さんかと思いきや、ドアが開くと。

「灯人先輩《ともとせんぱい》！」

柚菜が声を上げ、わたしの心臓はどきっと跳《は》ねた。

ウソ、会えるなんて思ってなかった。

「おつかれさま。岩田《いわた》さん、と……沢下さんだよね」

灯人先輩《せんぱい》がわたしたちに手を振《ふ》る。

夏休みに一度会っただけのわたしのこと、覚えてくれてたんだ。もっと髪《かみ》をちゃんとかせばよかったと、あわてて手櫛《てぐし》を通す。

「先輩《せんぱい》、ランチしに来たんですか？」

「いや、本を選びに来た」

灯人先輩《せんぱい》は腕《うで》に数冊の本を抱《かか》えていた。

「十二月にここでブックトークさせてもらうことになったんだ。今のうちから、ここにどんな本があるか見て、テーマを決めておこうかと思って」

「えっ、すごい。灯人先輩《せんぱい》、梅《うめ》ちゃんみたいにここでブックトークするんですか？」

そ、と灯人先輩《せんぱい》が頷《うなず》く。

attikotti《アッチコッチ》でブックトークを聞くのは、一般《いっぱん》のお客さんたちだ。朝読で発表するよりさらに緊張《きんちょう》しそう……。

「朔《さく》さんにやってみたらって前から言われてて。高三になったら受験で忙《いそが》しそうだし、今のうちにやってみようかと思ったんだ」

「十二月なら、テーマは〝クリスマス〟とか！」

柚菜がそう言うと、

「うーん……。クリスマスはちょっと苦手なんだ」

なぜか灯人先輩《せんぱい》は一瞬《いっしゅん》だけ表情を曇《くも》らせ、でも次の瞬間《しゅんかん》にはわたしたちに笑いかけた。

「遥さんから、二人がここで作業してるって聞いて、ちょっと顔出そうと思って」

わたしたちは顔を見合わせる。

「……ねえ、初奈」

柚菜が何を言おうとしているかは、伝わってきた。

「うん」

わたしは頷《うなず》く。

灯人先輩《せんぱい》に打ち明けてみよう。

突如《とつじょ》始まった不思議な入れ替《か》わりのこと。

入れ替《か》わらなくなってしまった今のこと。

ナカサンの朝読でブックトークをやってみようかと思ってること。

わたしたちの十二音の願いごとを知られてしまうのはちょっと恥《は》ずかしいけど、灯人先輩《せんぱい》ならきっと、助けになってくれる。

そんな気がした。

「灯人先輩《せんぱい》、すっごく変な話をしてもいいですかっ？」

「UFO《ユーフォー》並みに信じられないかもですけど、本当なんです！」

灯人先輩《せんぱい》はわたしたちの気迫《きはく》にちょっと押《お》され気味だったけれど、

「よく分かんないけど……。大丈夫《だいじょうぶ》、UFO《ユーフォー》も河童《かっぱ》も信じるタイプだから」

ふわっとほほ笑《え》んで、大らかに頷《うなず》いた。

「じゃあ、六月にぼくのブックトークを聞いたのは、沢下さんだったってこと？」

机の上で両手を組みながら、話を聞いていた灯人先輩《せんぱい》が、そう尋《たず》ねた。

「はい。灯人先輩《せんぱい》に訊《き》かれて脈拍《みゃくはく》を答えたのは、わたしなんです」

「あたしはそのとき中丘《なかおか》第三中の初奈の体のなかにいたから」

マジか、と灯人先輩《せんぱい》は目を見開いた。

「この書き込《こ》みが関係してると思うんです」

わたしはバッグから、学校図書館の『ことだまメイト』を取り出した。

「ここにはDear《ディア》 Hatsuna《ハツナ》ってサインしてありますよね。この本は井馬《いま》ここが母校の中丘《なかおか》第三中学に持って来たものなんです。わざわざ自分の本名宛《あて》のサインをして」

「で、あたしが想洋学園の学校図書館で借りた本にはDear《ディア》 Yuzuna《ユズナ》って書いてあるんです。このYuzuna《ユズナ》って誰《だれ》のことなのかっていうのはまだ謎《なぞ》で」

「でも、ここに入れ替《か》わりのヒントがあるんじゃないかと思うんです」

灯人先輩《せんぱい》は天を見上げ、ふーっと長く息を吐《は》いた。そのまま目を閉じている。

「灯人先輩《せんぱい》？」

どうしちゃったんだろ？

上を向いた先輩《せんぱい》の首筋を見ながら名前を呼ぶ。

正面に顔を戻《もど》した灯人先輩《せんぱい》の瞳《ひとみ》は、心なしか潤《うる》んで見えた。

「Yuzuna《ユズナ》っていうのはぼくの双子《ふたご》の妹。この本を学校図書館に寄贈《きぞう》したのはぼくだよ」

「へっ？」

わたしたちのまぬけな声が重なる。

「その本を想洋学園に置いてほしいって、井馬ここに頼《たの》まれたんだ。だから、うちの学校の司書さんに渡《わた》した」

「えっ、灯人先輩《せんぱい》が双子《ふたご》とか初耳なんですけど！」

「井馬ここと知り合いなんですか⁉」

二人して目を丸くしてしまった。

目の前にいるのは、灯人先輩《せんぱい》によく似た、初めて会う人のような気がしてしまう。

そんなわたしたちに、

「井馬ここは、ぼくたちの小学校の同級生だったんだ」

灯人先輩《せんぱい》は静かに言葉を続けた。

「当時、ぼくたち家族も中丘区《なかおかく》に住んでたんだ。井馬ここ、本名で呼ぶね、はつなは結珠名《ゆずな》の親友って呼べるほど仲が良くて、よくうちにも遊びに来てた。ぼくと結珠名は受験して想洋学園に行ったけど、あの二人は中学生になってからもしょっちゅう会ってたんだ」

Yuzuna《ユズナ》は、灯人先輩《せんぱい》の双子《ふたご》の妹、結珠名。

はつなと結珠名《ゆずな》は親友。

結珠名は想洋学園の生徒。

トランプをめくるように、パタパタと事実が明らかになっていく。

「はつなも結珠名も本が好きで、一緒《いっしょ》に小説を作ってたんだ。二人でアイディアを出し合って、はつながそれを文章にする担当」

「小説って一人で作るものだと思ってた」

「二人で作れるんだね」

柚菜とわたしがつぶやき合うと、「珍《めずら》しいよね」と灯人先輩《せんぱい》は頷《うなず》いた。

「あの二人はそれくらい気が合ってたんだ。二人は『将来、ぜったいコンビ作家になる』って宣言してた。はつなの方は、そんなビッグマウスをちょっと恥《は》ずかしがってたけどね。でも、結珠名はいつも、きっとことだまの神様はいるんだからって言ってた」

……あれ？

聞いているうちに、だんだん引っかかってきた。

灯人先輩《せんぱい》、全部過去形で語ってる……。

「その夢にうちの親は反対してたんだ」

「え、何でですか」

柚菜が訊《き》く。

「作家なんてなれるわけないって。それで食べていける人なんてほんの一握《ひとにぎ》りなんだから、もっと現実を見ろって。中二の二学期の終業式の夜、結珠名の通知表を見て親が叱《しか》ったんだ。小説なんか書いてるから成績が下がるんだって。もう、はつなちゃんと会うのはやめろとまで言った。結珠名は親とケンカして、一人で家を飛び出したんだ。どうせすぐに帰って来るだろうと思ってたけど……もう戻《もど》ってこなかった」

「それって……」

もしかして、と悲しい予感が頭をかすめていく。続きを聞くのが、こわい。

「横断歩道に車が突《つ》っ込《こ》んできて、事故にあったんだ。その日はクリスマスで相手の車は飲酒運転だった」

「…………」

「…………」

柚菜もわたしも、言葉が出て来なかった。

結珠名さんは、もういない。その予感が当たってしまった。

「何であのとき、結珠名を追わなかったんだってすごく後悔《こうかい》した。ぼくも一緒《いっしょ》にいたら、もしかしたら事故を防げたかもしれないって」

灯人先輩《せんぱい》が唇《くちびる》を噛《か》む。

ああ、そうか。

だからさっき灯人先輩《せんぱい》は、クリスマスが苦手と言ったんだ……。

attikotti《アッチコッチ》に初めて来たときのことを思い出す。横断歩道で「危ない」とわたしの腕《うで》を引いた、灯人先輩《せんぱい》の力の強さ。

その意味が分かって、胸がつぶれそうに痛んだ。

「結珠名のお葬式《そうしき》以来、はつなとは連絡《れんらく》が途切《とぎ》れてたんだ。母親も結珠名が事故にあった道を通るのがつらいって言って、家族で隣《となり》の区に引っ越《こ》したしね。でも、中三の秋頃《ごろ》、はつなからぼくに連絡《れんらく》が来たんだ。小説の新人賞をとったから、来年デビューするって。めちゃくちゃ驚《おどろ》いたよ」

「それが『ことだまメイト』、なんですね」

わたしの言葉に、灯人先輩《せんぱい》が頷《うなず》く。

「結珠名が事故に遭《あ》う数日前まで、二人でアイディアを練ってた作品なんだって言ってた。書き上げたら賞に応募《おうぼ》してみようって約束してたらしい。結珠名が亡くなって三か月、はつなは中二の終わりに書き上げて賞に応募《おうぼ》したんだって言ってたよ。『ぜったいコンビ作家になる』っていう結珠名の言葉を現実にするために」

「それで受賞したって、すごい！」

柚菜はバッグの中から、トークイベントでサインしてもらった『ことだまメイト』を取り出した。

この本に、そんな思いが込《こ》められていたなんて……。さらっとした手ざわりの一ページ一ページには、それだけたくさんの熱量が込《こ》められてたんだ。

あっ。わたしは声を上げそうになった。

トークイベントで『ことだまメイト』について話す井馬ここの言葉に、何となく違和感《いわかん》を抱《いだ》いたこと。

『和歌は五音と七音でできてますよね。それを足すと十二だし、わたしたちも十二歳《さい》だったから、十二音の願いごとにしようって』

〝わたし〟じゃなくて〝わたしたち〟。あの違和感《いわかん》はきっと、複数形だったから。

今やっと分かった。結珠名さんと自分のことだったのか……。

「そのとき決めたんだ。はつなが結珠名との願いを叶《かな》えてくれたんだから、ぼくは将来〝井馬ここ〟を応援《おうえん》できる仕事につきたいって。で、調べてみたら、出版社の営業っていう仕事があることを知ったんだよ。もともと人としゃべるのが好きだから、コレだって思った」

静かにそう話す灯人先輩《せんぱい》が、たまらなく切ない。

図書館で井馬ここがトークイベントをすることになったとき、栄養ドリンクを飲み過ぎちゃうくらい気合を入れた灯人先輩《せんぱい》の気持ちが、少し分かる気がした。

「ねえ灯人先輩《せんぱい》。何ではつなさんは井馬ここっていうペンネームを使ったんですか?」

柚菜が訊《き》くと、

「二人がコンビ作家として使おうと決めてた名前らしいよ」

ぼくも由来までは知らないけどと、灯人先輩《せんぱい》は首をかしげた。

「この本が出来上がったとき、中学時代の自分たちに届けたいって、はつなはサイン入りでぼくに渡《わた》したんだ。想洋学園にこの本を置いてくれって」

「そういうこと……だったんですか」

柚菜が小さな声で相槌《あいづち》を打った。

「何か……あたしと同じ名前の女の子が、そんな事故に遭《あ》っちゃったと思うと、悲しいです」

「井馬ここの二人と同じ名前の君たちが、登場人物たちみたいに入れ替《か》わったたってことは……もしかしたら、学校図書館にあった宛名《あてな》入りの本に、本当にことだまが宿ったのかもしれないね。大昔、名前ってその人の魂《たましい》そのものって考えられてて、むやみに人に教えちゃいけないくらい大事だったらしいし」

ぼくの推理はこんなところかな、と灯人先輩《せんぱい》は笑顔《えがお》をつくって話を締《し》めくくった。

この笑顔《えがお》は、きっとわたしたちへの思いやりだ。

ごめんなさいと心のなかで謝った。

灯人先輩《せんぱい》に、つらい思い出を話させてしまった……。ずっと一緒《いっしょ》にいた双子《ふたご》の妹がいなくなってしまった悲しさは、きっとわたしの想像できる範囲《はんい》を超《こ》えている。

でも、聞かせてもらえてよかった。

もし、灯人先輩《せんぱい》の推理どおりだったとしたら。

この不思議な入れ替《か》わりは、天国にいる結珠名さんの力だったのかもしれない。

「でも、それが何で朝読の十分だったのかは、分からない」

灯人先輩《せんぱい》は首を傾《かし》げ、口元に手を当てた。

入れ替《か》わりの謎《なぞ》は、まだすべて解けたわけじゃない。

それはともかく、と灯人先輩《せんぱい》は話を切り替《か》えた。

「朝読のブックトーク、ぼくで力になれることがあったら、何でも言ってね。応援《おうえん》してるよ」

「わたし……ブックトークで『ことだまメイト』を紹介《しょうかい》したいです」

気づけばそう言っていた。灯人先輩《せんぱい》に、そして柚菜に。

「もし、わたしがブックトークをするなら、柚菜の選んだテーマで、作ってもらったシナリオでやろうと思ってました。でも……」

わたしは、今の気持ちを何とか伝える言葉を探した。

「わたし、この本をみんなに知ってほしいです。どんなテーマにしたらいいとかは分からないんですけど……」

灯人先輩《せんぱい》の双子《ふたご》の妹と親友の思いが形になった作品。

たくさんの人に知ってほしい。読んでほしい。

「もちろん、結珠名さんのプライバシーは守ります。事故のこととか、余計な話はしないので……」

最後の方は尻《しり》すぼみになってしまった。

灯人先輩《せんぱい》は今、どんな気持ちだろう。もし先輩《せんぱい》がイヤな気分になってしまうなら、やめようと思った。

「一冊の本からテーマを決めるって方法もあるよ」

少しの沈黙《ちんもく》の後、灯人先輩《せんぱい》がキリッとした表情で言った。

「ブックトークは、一冊紹介《しょうかい》したい本を先に決めて、その本を核《かく》としてテーマを設定してもいいんだ。あとは、そのテーマに当てはまる他の本を探せばいい」

「そっか、さすが灯人先輩《せんぱい》！」

と、柚菜が拍手《はくしゅ》する。

「できそうじゃん、初奈！　『ことだまメイト』、ブックトークで紹介《しょうかい》してみてよ」

……できそう、かも。

わたしはこくっと息を飲んだ。

ガラスのオートロックの扉《とびら》が、目の前で解除されるような気持ちになった。見えるだけで入るなんて無理と思ってた場所への鍵《かぎ》を手渡《てわた》されたような。

あとは、わたしがガラスの向こうに踏《ふ》み込《こ》む勇気を持てばいい。

「あたし、練習付き合うよ」

「その本を紹介《しょうかい》してくれたら、きっと喜ぶよ。〝井馬ここ〟の二人も」

ふいに、二人に片方ずつぎゅっと手を握《にぎ》られているくらいの心強さを感じる。それは灯人先輩《せんぱい》と柚菜の手かもしれないし、はつなと結珠名の手かもしれない。

「やってみます」

仲間外れにされた理由を知ってから、ずっと自分の好きなものを薦《すす》めることが怖《こわ》かった。薦《すす》め方を失敗して、押《お》しつけてしまうって。それなら、何もしゃべらない方がいいって。

だけど、もう一度チャレンジしてみたい。

自分の言葉でこの本のことを伝えたい。

## 10　ファミレス作戦

《力になれることがあったらいつでも連絡《れんらく》してね》

もう何回読み返してるんだろう。

灯人《ともと》先輩《せんぱい》からのメッセージだ。

ブックトークをすると attikotti《アッチコッチ》で決めた日、灯人先輩《せんぱい》はスマホの連絡先《れんらくさき》を教えてくれた。「練習するなら付き合うよ」なんて、花束みたいにうれしい言葉とともに。

その三日後の晩。

よしっ。

今日も灯人先輩《せんぱい》のメッセージを読み返してから、わたしは自分の部屋の床《ゆか》を見下ろした。

床《ゆか》の上には、十冊以上の本が散らばっている。

ブックトークのために学校図書館や街の図書館で借りて来た本たちだ。

わたしが決めたブックトークのテーマは〝願いごと〟。

これを思いついた瞬間《しゅんかん》、ぱちっとパズルのピースがはまる感覚がしたんだ。

「テーマを決めるには、まず本のキーワードを書き出してみるといいよ」

灯人先輩《せんぱい》からアドバイスをもらって、『ことだまメイト』のキーワードっぽいものを書き出してみた。

・入れ替《か》わり
・言葉
・ペア
・短編集
・ファンタジー

こんな感じでいいのかな。

一個一個書き出していくと、ピンと来るキーワードがあった。鉱山で採掘《さいくつ》をしていたハンマーが、宝石にコツンと当たったみたいに。

・願いごと

このキーワード、いいかも！

『ことだまメイト』には、色々《いろいろ》な願いごとが込《こ》められている。

登場人物たちは、十二音の願いごとをきっかけに入れ替《か》わる。

何より、この作品には〝井馬《いま》ここ〟の二人の願いが込《こ》められている。

それに。

今回のブックトークには『もう猫《ねこ》をかぶりたくない』ってわたしの願いも込《こ》められてるんだ。

そう思った瞬間《しゅんかん》に決まった。

テーマはこれしかない！

でも、喜んだのも束《つか》の間。じゃあ、他にどんな本を紹介《しょうかい》する？

文学少女っていうわけじゃないわたしの頭を検索《けんさく》しても、一冊もヒットしない。

そういうわけで、この数日で学校図書館や街の図書館をぐるぐる歩き回って、願いごとが関係する本をかき集めたんだ。

「ここからどう選べばいいの？」

集めすぎちゃったかな。十分の朝読書でブックトークできるのは、三、四冊だと柚菜も言っていた。

灯人先輩《せんぱい》に相談しようかな……。

作った短いメッセージを十回以上読み返して、わたしはスマホをタップした。

《ブックトークの本の選び方、相談してもいいですか？》

お、送っちゃった……。

わたしはぎゅっと目を閉じた。

力になるよ、なんて社交辞令かもしれないけど……。

すると。

えっ、電話？

メッセージを送ったばかりのスマホが、灯人先輩《せんぱい》の名前を表示していた。鳴り続ける着信音にわたしの鼓動《こどう》が重なる。

ドキドキしながら出てみると、

「いきなり電話してごめんね。メッセより話す方が早いから」

耳元で灯人先輩《せんぱい》の声がダイレクトに聞こえて、顔が熱くなっていく。

「〝願いごと〟をテーマにしたんですけど、ここからどうやって本を選べばいいか分からなくて」

「色んなジャンルの本を入れるといいよ。『ことだまメイト』は日本の物語だから、たとえば海外の作品とか、絵本やノンフィクションとか入れたりすると、彩《いろど》り豊かになるよ」

「物語だけ、とかじゃダメなんですか？」

わたしの集めた本のジャンルは、ほとんどが物語だった。

「ファミレスを想像してみて」

「ファミレス？」

「一つの店に色んなメニューがあるでしょ？　パスタも和食もラーメンも。みんなそれぞれ好きなジャンルのものを食べてる。ファミレスって、お客さんそれぞれ好みがちがっても、自分の気分で食べたいものが見つかるよね。ざっくり言うと、ブックトークの聞き手の興味も、それと似たようなものじゃないかな」

「聞き手の興味、ですか」

「そう。クラスには、物語が好きな人もいれば、科学や歴史が好きな人もいるはずだよね」

「あ、そっか……」

「もちろん、活字が得意じゃない人だっていると思う。そういう人たちにも、図鑑《ずかん》とか写真集を紹介《しょうかい》すれば、ちょっとは興味を持ってくれるかもしれない」

わたしは、自分の教室を思い浮《う》かべた。一年B《ビー》組は三十二人。

みんなはそれぞれ、どんなジャンルに興味があるんだろう。朝読書の十分間、どんな本と向き合ってるんだろう。

そんなことを想像するのは初めてだった。

そういえば。

小池《こいけ》先生が筋トレの本を読んでいたことを思い出す。実は見かけによらない興味を持ってる人もいるのかもしれない。

「色んなジャンルの本を紹介《しょうかい》すれば、きっとどれかは刺《さ》さるはず。全部読みたいって思ってもらえたら一番いいけど、一冊でも読みたくなってもらえたら大成功だよ」

「了解《りょうかい》です！　ファミレス作戦で行きますねっ」

威勢《いせい》よく返事をすると、電話の向こうで灯人先輩《せんぱい》が笑った。

わたしは『ことだまメイト』をみんなに知ってもらいたいと思うけど、必ずしもみんなにそれが刺《さ》さるとは限らない。

ブックトークで紹介《しょうかい》するなかで、どれかしらそれぞれの興味に当てはまる本があればいいな。

「〝願いごと〟っていうテーマは、すごくいいと思うよ。きっと、誰《だれ》もが持ってるものだから」

「あ、ありがとうございます！」

灯人先輩《せんぱい》に褒《ほ》められて、心のなかで花火がパンッと開く。

「本が決まったら、シナリオ作りだね。沢下《さわした》さんの言葉で書いてみるといいよ」

また困ったら連絡《れんらく》して、と優しい言葉をもらい、電話を切る。

握《にぎ》りしめて熱くなっていたスマホを見つめ、言われた言葉を思い返す。

沢下さんの言葉で、かあ……。


その週の日曜日の昼間。

わたしはリビングに寝《ね》そべりながら、本を読んでいた。

灯人先輩《せんぱい》のアドバイスのおかげで、願いごとのブックトークで紹介《しょうかい》する本は決まった。

『天空への願い』（写真集）
『日本の神さま絵図鑑《ずかん》』（図鑑《ずかん》）

『ことだまメイト』（物語）

わたしなりに、いい感じにジャンルのちがう本を選べたと思う。

次のミッションはシナリオ作り。

でも、自分の言葉でシナリオを書くって、ちょっと怖《こわ》い。あらすじだけ紹介《しょうかい》するならいいけれど、沢下初奈《はつな》の感想や思いを入れたとたん、押《お》しつけがましいブックトークになってしまう気がして。

結局まだ一文字も書けずにこうして寝《ね》そべっていた。

「最近やけに本を読んでるのね」

床《ゆか》に転がるわたしをお母さんが見下ろしていた。これから夜勤のお母さんは、髪《かみ》をアップにして仕事モードだ。

「うーん。ちょっと友達に本をおすすめすることになって」

みんなの前でブックトークすることは、家族に内緒《ないしょ》だ。何でそんなことをするようになったのなんて訊《き》かれたくないし、説明するのも面倒《めんどう》くさい。

「薦《すす》めるって難しいよね」

「え？」

予想外の切り返しに、わたしは顔を上げた。

「大学を卒業して、ホテルに勤め始めた新人のときね、失敗しちゃったことがあるの。外国人観光客に『このラーメン屋はどこですか』ってガイドブックを見せられたのに、わたしは『そこよりも、こっちの方がおいしいですよ』って別の和食レストランを薦《すす》めたの。せっかく日本に来たんだから、ハズさないおいしいものを食べてもらいたくて。でもそしたら、お客様の機嫌《きげん》を損ねちゃった。その人は、自分で調べたそのラーメン屋に行きたかったのにね」

お母さんは当時を思い出したのか、少しだけ寂《さび》しそうに笑った。

「よかれと思って押《お》しつけちゃう。たくさん失敗と反省を繰《く》り返してきたわ」

よかれと思って押《お》しつけちゃう。

それって……わたしと同じじゃん。

わたしのこの性格、お母さん譲《ゆず》りだったのか。

「それでも何で仕事やめなかったの？　自分には向いてないって思わなかった？」

「この仕事が好きだったから。向いてる仕事より好きな仕事をしたかったの」

「そんな単純な理由？」

「満足そうな顔でチェックアウトをしていくお客様を見ると、やっててよかったと思うんだもん。だから、トライ&《アンド》エラーって自分に言い聞かせて、諦《あきら》めたくなかった」

もし、お母さんがホテルのスタッフを辞《や》めていたら。

学校行事にまめに参加して、他のお母さんたちとも親しくなったのかな。

卒業式の日、わたしも食事会に呼ばれたのかな。

周りに押《お》しつけがましいと思われてることとなんて知らずに、中学校に入学してたかな。

そしたら、一体今ごろどんな中学生活を送っていたんだろう。猫《ねこ》をかぶることもなかったかもしれない。

でも、もしそうだったとしたら。

『もう猫《ねこ》をかぶりたくない』なんて願いごとは生まれなかった。

仮に『ことだまメイト』を読んだとしても、朝読の入れ替《か》わりはきっと起こらなかった。

柚菜《ゆずな》や灯人先輩《せんぱい》と出会うこともなかった。

だとしたら……。

「これでよかったのかも」

「え？　何が？」

キッチンでマイボトルに水を注いでいたお母さんに、

「お母さんが押《お》しつけがましい性格で」

わたしはニカッと笑って言った。

一週間後。

「というわけで、今朝は三冊の本を紹介《しょうかい》しました。皆《みな》さんぜひ読んでみてください」

世界地図を背に、そう言ってわたしはおじぎをしてみせた。

パチパチパチパチパチ。

拍手《はくしゅ》してくれるのは、ナカサンのクラスメイトじゃない。柚菜、灯人先輩《せんぱい》、梅《うめ》ちゃん、そして朔《さく》さん遥《はるか》さん夫妻だ。

ブックトーク本番の前日の日曜日。灯人先輩《せんぱい》が朔さんに頼《たの》み込《こ》んでくれて、なんと開店前のattikotti《アッチコッチ》でリハーサルをさせてもらうことになった。

朔さんと遥さんも、この時間だけは準備の手を止めて、わたしのブックトークを聞いてくれた。

わたしはこの一週間で何とか、自作のシナリオを覚えてしゃべることができた。

「どう、でしたか？」

もう十月なのに、背中にびっしょり汗《あせ》をかいていた。

「六分三十二秒。ちょっと時間余り過ぎかも」

タイムキーパーをしていた柚菜がスマホを見て言う。

「え、そんなに短かった？」

「緊張《きんちょう》すると早口になっちゃうから、もっとゆっくりしゃべるといいよ。でも、内容はとってもよかった」

ほんわりした笑顔《えがお》でそう言ってくれたのは、梅ちゃんだ。

灯人先輩《せんぱい》もうなずいて褒《ほ》めてくれた。

「おもしろい本を見つけたね。それに、すごくいいシナリオだと思うよ。本のあらすじだけじゃなくて、自分の好きなページとかの紹介《しょうかい》も入ってたし」

「あの……押《お》しつけがましくなかったですか？」

『ぜんぜん』

五人が口を揃《そろ》えて言ってくれたその四音に、心がじわっと熱くなった。お湯をかけられて氷が溶《と》けていくみたい。

先週、お母さんと話した後、なぜかシナリオが書けるようになった。からっぽのシャーペンに芯《しん》を入れたみたいに。

それは、トライ&《アンド》エラーをわたしもやってみてもいいかなって気持ちになったからかもしれない。

だってこのメンバーが見守っててくれる。

この調子で、教室でもブックトークできるかも！

「はじめのトークで何かつかみがあるといいかな」

と、朔さん。

「つかみ、ですか？」

「うん。『これからブックトークを始めます。では一冊目は……』っていうんじゃなくて、もっと聞き手が引き込《こ》まれるような」

「あっ、そっか」

そういえば、灯人先輩《せんぱい》はブックトークのときにカップラーメンを持って来ていた。それで、眠《ねむ》そうだったみんなの注目を集めたんだっけ。

朔さんの言葉を受けて灯人先輩《せんぱい》が、

「ブックトークは、もちろん本が主役なんだけど、はじめやまとめのトーク、それから本のつなぎ方で発表者の個性を出せるんだ。それによって、全然ちがう印象のブックトークになる」

流れはこんな感じ、とカフェの黒板を借りて書いた。

はじめのトーク
一冊目の紹介《しょうかい》
つなぎのトーク
二冊目の紹介《しょうかい》
つなぎのトーク
三冊目の紹介《しょうかい》
まとめのトーク

「はじめのトークで小道具を使うとか、音楽を流すとか、聞き手がどうしたら楽しんでくれるか考えたらいいと思うよ」

「聞き手がどうしたら……」

わたしは五人を見渡《みわた》し、それからクラスメイトたちを思い浮《う》かべた。矢田《やだ》さんたちのグループ、舞香《まいか》たちのグループ、陣内《じんない》さんと川本《かわもと》さん、それからクラスの男子たち……。

どうしたら、このブックトークに注目してもらえる？　ていうか、みんなはどんな願いごとを持ってるんだろう。

「あっ、じゃあ……」

そのとき、パッとひらめいた。

「初めに、みんなに願いごとを書いてもらうっていうのはどうでしょうか。それぞれが持ってるノートやメモに書いて、その願いごとを思い浮《う》かべながらブックトークを聞いたら、ちょっと楽しんでもらえるかも」

「それ、いいじゃん！」

柚菜がグッと指を立てる。

ああ、もしかしたら。

誰《だれ》かに何かを薦《すす》めるってことは、その相手のことを考えることなのかもしれない。

自分の好みだからってただ一方的に薦《すす》めても、相手の心はきっと動かされない。

相手を知りたいって気持ちで、できるだけ歩み寄る。どうしたら喜んでくれるかなって考える。そうすれば、わたしの推《お》したいものにも振《ふ》り向いてくれるかも。

「あの、もう一回だけ、はじめから練習してもいいですか？」

開店まであと三十分。忙《いそが》しいなか申し訳ないなと思いながら言ってみると、

「朔、急いで白い紙五枚持って来て。願いごと書く用の」

遥さんが指でＯＫ《オーケー》サインを作った。

## 11　ブックトークの見学者

いよいよ、この日が来た。

十月最初の朝のショートホームルーム。

「予告していた通り、今日の朝読は沢下《さわした》のブックトークだ」

小池《こいけ》先生の言葉をわたしは自分の席で聞いていた。

もう三十秒後にはチャイムが鳴って、黒板の前でブックトークするんだ。

やっぱり緊張《きんちょう》する！

《がんばれ！　初奈《はつな》ならぜったい大丈夫《だいじょうぶ》！》

今朝一番に柚菜《ゆずな》から届いたメッセージを思い出していると、

「ちなみに、今日の朝読には見学者が来る予定だ。教室に誰《だれ》か入って来ても、ザワザワしないように」

えっ、見学者？

そういえば、学年主任の大本《おおもと》先生が聞きに来るって言ってたっけ！　うわ、ホントに来ちゃうんだ……。

「え？　誰《だれ》？」

「もしかして、テレビの撮影《さつえい》？」

「んなわけないじゃん。他のクラスの先生とかでしょ」

早速《さっそく》ザワザワする教室にお構いなく、キンコーンとチャイムが鳴り始める。

「じゃあ、沢下。お願いします！」

「は、はいっ」

本を抱《かか》えて立ち上がった。

みんなに楽しんでもらうんだ！

黒板の前の教卓《きょうたく》に向かう足に、ぐっと力を込《こ》めた。教卓《きょうたく》に三冊の本とシャーペン、ルーズリーフを置く。

矢田《やだ》さんがわたしに手を振《ふ》っているのに気づいて、少し緊張《きんちょう》がほぐれた。

「おはようございます！　沢下初奈です。突然《とつぜん》ですが、みなさんは願いごとってありますか？」

みんな、ぽかんとした顔でわたしを見ていた。

突然《とつぜん》そんなこと訊《き》かれても。クラスメイトたちの微妙《びみょう》な表情からは、そんな気持ちがにじみ出ている気がする。

「部活の大会で優勝したいとか、成績が良くなりたいとか、推《お》しのアイドルに会いたいとか。きっと色々《いろいろ》ありますよね。みなさんが今持ってる紙、ノートの端《はし》っこでもメモ帳でも何でもいいので、そこに自分の願いごとを書いてみてください」

どうしよう。みんな書いてくれるかな……。

「わたしも書きますね」

そう言って、まずわたしがシャーペンを手に取り、ルーズリーフに願いごとを書いた。

顔を上げてみると。

そこにも、あそこにも。シャーペンを握《にぎ》るクラスメイトがいた。

わあ、参加してくれてる。

これなら大丈夫《だいじょうぶ》、いけるかも！

「今日のブックトークのテーマは、〝願いごと〟です。みなさんも今書いた願いごとを思い浮《う》かべながら、聞いてもらえるとうれしいです。みなさんは、願いごとを叶《かな》えたいときってどうしますか？　たとえば、流れ星に願いをかけると叶《かな》うという言い伝えもありますよね。今日最初に紹介《しょうかい》する本は、思わず願いごとをしたくなるような空の写真集です！」

するりと一冊目の紹介《しょうかい》に入ることができた。

わたしは『天空への願い』を持ちながら、著者のプロフィールを紹介《しょうかい》したり、自分の好きな写真のページを開いてみんなに見せたりした。

「きれー」

「やば、どうやって撮《と》ったんだろ」

「もっと見たい」

小さくつぶやく声が聞こえると、まるで夜空に瞬《またた》く星を見つけたようにうれしくなった。

「人は空に願いをかけますが、〝神頼《かみだの》み〟なんて言葉もあるように、神様にも願いごとをしますよね。二冊目はこちらです！」

短い言葉でつなぎ、わたしは二冊目『日本の神さま絵図鑑《ずかん》』を掲《かか》げた。

「日本では、『八百万《やおよろず》の神』といわれるようにたくさんの神さまがいます。願いごとの種類によって、それを叶《かな》えてくれる神さまも異なってきます」

本の中から〝勝利や成功にみちびく神さま〟や〝厄《やく》をはらう神さま、厄《やく》をもたらす神さま〟を紹介《しょうかい》した。

「ちなみにスポーツにまつわる神様には〝天手力男神《あめのたぢからお》〟という神様がいます。筋肉を鍛《きた》えて力をふるうというイメージがあり、スポーツの守り神として信仰《しんこう》されているそうです」

わたし自身はスポーツの神様には、正直あまり興味がなかった。

でも、このクラスの半分くらいは運動部だし、小池先生だって筋トレをしてる。

そんな人たちにご利益があるといいなと思った。

「昔から日本では、ことだま信仰《しんこう》があると言われています。たとえば今でも受験生に〝落ちる〟〝すべる〟って言葉を使わないようにしたりとか。それに、願いごとは言葉にすれば叶《かな》う、なんて聞いたことはありませんか？」

これが三冊目へのつなぎの言葉。いよいよ『ことだまメイト』の紹介《しょうかい》に入る。

気合を入れ直したそのとき。

クラスの何人かの視線が教室の後方のドアに向けられていることに気がついた。

その視線の先には……。

いつの間にか、学年主任の大本先生と一緒《いっしょ》に、高校生くらいの私服の女の子がいた。

切りそろえた前髪《まえがみ》、小さな背丈《せたけ》。前にも会ったことがある。

見学者って井馬《いま》ここだったの⁉

「ほら、よそ見しないで」

小池先生が小声で生徒たちをたしなめている。

「えっと……次の本は……」

覚えたはずのシナリオの言葉たちが吹《ふ》っ飛び、わたしは『ことだまメイト』を手に持ったまま固まった。
どうしてここに?
作者の前で本を紹介《しょうかい》するなんて無理だよ!
そう怖《お》じ気づいていると。
井馬ここがにこっとわたしに笑いかけ、うなずいた。
『大丈夫《だいじょうぶ》、見守ってるよ』
そんな言葉が聞こえた気がした。
深呼吸を一つ。
迷子になっていたペットの小鳥が指先に舞《ま》い戻《もど》ったみたいに、シナリオの言葉が
頭のなかに帰ってきた。
「今日最後に紹介《しょうかい》するのは『ことだまメイト』です」
机に突《つ》っ伏《ぷ》してる人もいる。窓の外を見ている人もいる。
でも聞いてくれてる人たちだって、たくさんいる。
この本をみんなに知ってもらうんだ。

井馬ここに見ててもらうんだ。

「さっき書いた願いごとが十二文字だった人はいませんか？」

クラスがしんとする。指を折って数えている人もいる。

「あっ、オレ十二文字！」

田所くんという男子が声を上げた。

「『死、ぬ、ほ、ど、カ、ラ、ア、ゲ、食、い、た、い』！　ほらビンゴ！」

クラスにどっと笑いが起きる。

「十二文字だった人は、もしかしたら他の人と、入れ替《か》わっちゃうかもしれないです」

そこから、『ことだまメイト』に登場する様々《さまざま》なペアを紹介《しょうかい》した。

サラリーマンと大工。

おばあさんと小学生の男の子。

女子高生と寿司《すし》職人。

「こんな風に、全部で十一組のことだまメイトたちが登場する短編集です」

みんなの視線が本の表紙に注がれている。

「もし、みなさんがこの本みたいに誰《だれ》かと入れ替《か》わってしまったらどうしますか？

きっとすごく慌《あわ》てますよね。わたしも……です」

柚菜、灯人先輩《せんぱい》、attikotti《アッチコッチ》の朔《さく》さんたち。

もし入れ替《か》わらなければ出会うことのなかった人たちの顔が浮《う》かんだ。

「この本の作者は、実は中丘《なかおか》第三中学の卒業生なんです」

「へえっ！」

「うっそ、やば」

「卒業生に作家なんていたんだ」

ザワザワするみんなは、後ろに作者が立っているなんて思ってもいないみたいだ。

井馬ここは名乗り出るわけでもなく、とぼけるようにほほ笑《え》んだままだ。

「この作品は、井馬ここさんのデビュー作です。『この作品を本にしたい』っていう、心からの願いごとが込《こ》められてる本なんです」

はつなと結珠名《ゆずな》。

ここでわたしから深い事情は説明できない。

でも、二人で作ったこの物語を、一人でも多くの人が読んでくれますように。

ここからは、まとめのトークだ。

「今朝は〝願いごと〟というテーマで三冊の本を紹介《しょうかい》しました。最初に書いてくれたみなさんの願いごとが叶《かな》いますように！」

シナリオはこれで終わり。

おじぎをして、自分の席に帰ればいい。

だけど。

「わたしにも願いごとがあって、」

気づけばそう言っていた。

ダメ。こんなことを言っても、みんな引いちゃうだけだよ。

心のなかのもう一人のわたしが、冷静に止めようとする。

ああ、でも。

クラスのみんな、というより、そこにいる井馬ここに聞いてもらいたい。

わたしは教卓《きょうたく》に伏《ふ》せていたルーズリーフを持ち上げた。そこに書いた小さな十二音を読み上げる。

「『もう猫《ねこ》をかぶりたくない』です！」

教室が静まり返っている。

もう一人のわたしも、もう止めようとはしなかった。

「これがわたしの十二音の願いごとです。わたし、小学校の頃《ころ》にすごく押《お》しつけがましい性格で嫌《きら》われて……。中学に入ったら、大人しくていい人っていう猫《ねこ》をかぶることにしたんです。でも、そしたら窮屈《きゅうくつ》で苦しくて、でも今さら脱《ぬ》げなくて。だけど、そんなわたしと友達になってくれた人が他の学校にいたんです。その子がブックトークで本当の自分を出したらどうかって言ってくれて……。だから今日、わたしはここにいるんです」

ああ、言ってしまった。

こんなに自分をさらけ出してどうするの。

これからますます変な人って思われるかも。

だけど、そんなことはもう気にしない。

だって、わたしのブックトークはこの十二音から生まれたんだ。何か……スッキリした。

「みんなに少しでも今朝のブックトーク楽しかったって思ってもらえたら嬉《うれ》しいです。これで終わります！」

ありがとうございました、と頭を下げたとき。

キーンコーンとチャイムがスピーカーから流れ落ちた。

ちょうど十分経《た》ったんだ。

パチ、パチパチ。

パチパチパチパチパチパチ。

遠慮《えんりょ》がちに始まった拍手《はくしゅ》が、教室に広がっていく。

拍手《はくしゅ》、してくれるんだ……。

「沢下、おつかれさま。戻《もど》っていいぞ」

教卓《きょうたく》に戻《もど》ってきた小池先生に、

「あ、あの……。なんで」

わたしは井馬ここに視線を送りながら訊《き》いた。

「ああ。実は昨日、ブックトークを見に来たいって連絡《れんらく》があったんだ。ちょっと挨《あい》拶《さつ》してもらおうかな」

小池先生が井馬ここを手招いた。

「こんにちは、卒業生の井馬ここです」

えーっ、と教室がどよめく。

「これはペンネームで、本名は岬《みさき》はつなっていいます。今日、ブックトークをやるって友達から聞いて、ちょうど文化祭の代休だったので、見学させてもらいました。廊下《ろうか》からチラッとのぞいてるだけのつもりだったんですけど、楽しくて途中《とちゅう》から教室に入りたくなっちゃって。わたしの本をこんな風に紹介《しょうかい》してもらえて本当にうれしいです」

井馬ここがわたしの方に顔を向け、「ありがとう」とほほ笑《え》んだ。

「ということだ。さっ、みんな一時間目の支度《したく》をしなさい。理科室に移動だろ？」

え、もっと話を聞きたい。

わたしの心の声を聞き取ったかのように、井馬ここが再び口を開く。

「今日の昼休みまで、学校図書館で花水《はなみず》さんのお手伝いをすることにしました。よかったら遊びに来てください」

その言葉は、わたしに向けられているような気がした。


ブックトークをしたからって、急に何かが変わるわけじゃない。

一時間目の理科室に一緒《いっしょ》に移動するため、わたしはいつもどおり、陣内《じんない》さんと川本《かわもと》さんのもとに行こうとした。

そのとき、教室の床《ゆか》に一枚のメモが落ちているのを見つけた。水色でペンギン柄《がら》のそのメモを拾い上げる。

そこにオレンジ色のペンで書いてあったのは。

『ホントの友達がほしい』

どきんとした。

これはもしかして。さっきのブックトークで書いた願いごと？

誰《だれ》の字だろう。このクラスで、こんな切実な願いごとを書いた人がいるんだ……。

このメモが床《ゆか》でホコリと一緒《いっしょ》にさすらっているのは何だか心が痛んで、わたしはそれをポケットにしまった。

「教室移動、一緒《いっしょ》にいい？」

いつもと同じように声をかけたけど、本当はドキドキしていた。猫《ねこ》をかぶってたなんて知って、二人はどう思っただろうって。

三人で理科室に続く廊下《ろうか》を歩いていると、

「さっきの本、おもしろそうだった。神さまのやつ」

陣内さんがぽつりと言い、

「学校図書館にある本なの？」

川本さんがわたしに尋《たず》ねた。

「うん！　ていうか、興味持ってくれてうれしい。ありがとう」

思わず二人の手をぎゅっと握《にぎ》りたくなったわたしは、そうだ、と口を開いた。

「よかったらさ、二人の好きなマンガとかのことも教えて？」

今までそんなこと思わなかった。

失礼だけど、「他に友達がいないからしょうがなく仲良くしてるんだ」って、そんなふうに思ってた。二人が何に興味を持ってるのかも知ろうとしなかったのかも。

でも、今のわたしは、陣内さんと川本さんのこともちゃんと知りたいと思う。

二人は顔を見合わせる。

困らせちゃったかな、と心配になっていると。

「わたしたち……実はBL《ビーエル》が好きで、部活で描《か》いてるんだ」

「でも、沢下さんはそういうの興味ないだろうなって思ってたから、押《お》しつけたくないし、今まで言えなくて」

「そうだったの⁉」

それで、今までわたしが近づくと、パタッと会話をやめてしまってたのかも？

「わたし、二人が書いたの読んでみたい。もしよかったらだけど」

「ウソ⁉」

「ううん、ホントに」

二人はにまにまして、なぜかお互《たが》いの肩《かた》をぱしぱしとたたき合っている。もしかして照れてる……？

「どうする？　どれから読んでもらう？」

「やっぱり一巻からじゃない？」

「え、待って。そんなに何巻もあるの？」

驚《おどろ》いて訊《き》くと、陣内さんと川本さんは、はにかんでうなずいた。

「スピンオフもある」

わたしたちは三人で初めて声を立てて笑った。

# 12　十二番目の物語

そわそわしたまま給食を終え、やっと来た昼休み。

わたしは急いで階段を上り、三階の学校図書館に向かった。

やっと井馬《いま》ここと話せる！

学校図書館のドアを開けると、カウンターにいるフラワーさんと目が合った。

「ブックトークおつかれさま」

「知ってたんですか？」

「井馬ここちゃんから聞いたのよ」

フラワーさんはほほ笑《え》み、

「窓側のテーブルにいるわよ」

こちらが訊《き》く前に、井馬ここの場所を教えてくれた。

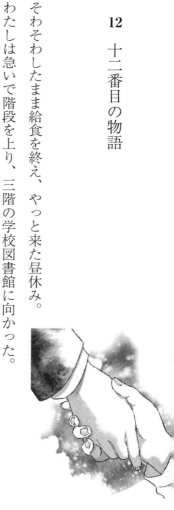

学校図書館の奥《おく》の窓側には、六人掛《が》けのテーブルが八つ並んでいる。そのなかのひとつで、井馬ここは本の修理をしていた。破れたページに補修テープを貼《は》っている。

「あ、あのっ」

何て話しかけていいか分からずまごついていると、

「あっ、初奈《はつな》ちゃん。よかった、来てくれて。話したいから、こっちから教室に行こうかとも思ってたの」

どうぞここ座って、と言われ、わたしは井馬ここと向かい合った。

「今朝のブックトーク、すごくよかったよ。ありがとう」

「えっと……全部、知ってるんですか？」

わたしの言葉に、井馬ここはうなずいた。

「灯人から聞いたよ。トークイベントに来てくれた同じ名前の二人のことは、わたしもよく覚えてた。あのときは、てっきりネッ友なんだと思ったけど……」

井馬ここは声を潜《ひそ》めた。

「朝読で入れ替《か》わっちゃうなんて、ビックリした」

わたしもチラッと学校図書館を見回す。

大丈夫《だいじょうぶ》、他のテーブルに座ってる生徒がわたしたちを気に留めている様子はない。

「こんな偶然《ぐうぜん》あるのかな……」

井馬ここは小さく笑ってつぶやいた。

「偶然《ぐうぜん》って何がですか?」

意味が分からず、訊《き》き返した。

「『ことだまメイト』は、本当は全十二章の予定だったの。最後の一章は、朝読の時間をきっかけに入れ替《か》わる中学生のペア」

「ええっ⁉」

わたしの叫《さけ》びに、井馬ここは唇《くちびる》の前で人差し指を立てる。

ちょっと待って……わたしたちそのものじゃない⁉

「最後の一章はどこ行っちゃったんですか?」

「どこにもない。『ことだまメイト』は二人でアイディアを練ってたんだけど、第十二章については、朝読で入れ替《か》わるってこと以外、まだ物語の中身を話し合えてなかったの。だから、わたしが一人で勝手に作っちゃいけない気がして」

「でもどうして、二人とも朝読の時間を舞台《ぶたい》にしようと思ったんですか？」

朝読の時間をチョイスするって、かなりマイナーな気がする。学校生活なら、入学式とか部活とか運動会とか、もっと他にも色々《いろいろ》あるのに。

「わたしと結珠名《ゆずな》にとって、朝読って思い出の時間だったから」

井馬ここは隣《となり》の椅子《いす》に置いてあったカバンから、一冊の文庫本を取り出した。

タイトルは『見習い物語』、上巻。わたしの初めて見る本だった。

「小五になったばっかりの頃《ころ》、朝読の時間にこの本を読んでたの。十八世紀のロンドンが舞台《ぶたい》で、色んな仕事の見習いをやってる子どもたちの短編集。昔、親がお姉ちゃんに買った本だったんだけど、朝読用に何気なく借りて読んだら、すごく面白《おもしろ》くて。ちょっと文字が多くて難しそうかと思ったけど、するする読めちゃった。そしたらある日、朝読でこの本の下巻を読んでる子がいることに気づいたの。それが、初めて同じクラスになった結珠名だったんだ」

ぱら、ぱら。まるで当時の二人の思い出が書いてあるかのように、井馬ここはページを見つめている。

「とくに流行《はや》ってる本って訳でもないから、すごくビックリしたの。『よかったらその下巻、貸してもらえる？』って声をかけたのが、仲良くなったきっかけ。結珠名とは、今まで読んだ本や好きな本が、おもしろいくらい一致《いっち》してたんだ。おまけに作家になりたいって夢まで一緒《いっしょ》」

「その気持ち、分かります」

わたしも柚菜と好きなものや苦手なものが一致《いっち》して、飛び跳《は》ねたいくらいうれしかった。わたしたちにはまだ将来の夢はないけれど。

「だからね、中学は別々《べつべつ》でも、朝読で同じものを使おうよって、これを使うことにしたんだ」

井馬ここは、その本にはさまっていた細長い栞《しおり》をわたしに見せた。

「この栞《しおり》！」

「あ、初奈ちゃんも持ってる？」

「持ってるっていうか作りました！」

それは、遥《はる》さんに頼《たの》まれて柚菜と作ったattikotti《アッチコッチ》の栞《しおり》だった。

「私たちが小学校を卒業した春休みにattikotti《アッチコッチ》がオープンして、結珠名に連れて行ってもらったんだ。そしたら、朔《さく》さんが卒業祝いにってくれたものなの。ちなみに、ことだまの神様がいるってことも、そのとき神話好きの朔さんに教えてもらったんだ」

茶色い栞《しおり》をよく見ると、わたしたちが作ったものと一つだけちがうところがある。

「ここ、手書きで〝I'm《アイム》 here《ヒア》！〟って書いてある……」

わたしの言葉に、井馬ここがうなずく。

「それは結珠名の文字。『離《はな》れてもわたしは今ココにいるよ』って意味で、おたがいの栞《しおり》にそう書き込《こ》んだんだ。そのとき知ってた精いっぱいの英語でね。朝読でこの栞《しおり》を見るたびに、今この時間、結珠名もどこかの教室で同じように本を開いてるんだなって思った。友達関係に悩《なや》んで学校が憂鬱《ゆううつ》な朝も、結珠名がどこかの教室にいる、わたしの居場所はここだけじゃないって思えたの」

井馬ここは懐《なつ》かしそうに栞《しおり》をなでる。

「それを結珠名に話したらね、そんなに学校が憂鬱《ゆううつ》なら入れ替《か》わってあげたいって言ってくれたの。わたしはわたしで結珠名が親とケンカしたって話を聞くたびに、入れ替《か》わってあげたいって思った。じゃあ、〝I'm《アイム》 here《ヒア》〟を二人のペンネームにして入れ替《か》わっちゃう物語を書こう、この作品でデビューを目指そうって夢ができたの。最終章は、自分たちにちなんで、朝読書の時間に入れ替《か》わる二人の女の子のストーリーも書くことに決めたんだ」

「ほんとに、親友だったんですね」

同じ小学校だった二人が、別々《べつべつ》の中学に行っても〝わたしは今ココにいるよ〟と伝える方法。

そっか、それが朝読だったのか。

「二人で作りたかったな、第十二章も」

井馬ここの、はつなさんの瞳《ひとみ》が潤《うる》んでいく。

「わたしはやっぱり結珠名がいないとダメみたい。次の作品を考えようとしても、全然アイディアが思い浮《う》かばなくて。わたし一人じゃ書けないから、もう作家をやめたほうがいいのかなって思うこともあるんだ」

寂《さび》しそうに笑うはつなさんの表情に胸が締《し》め付けられる。

「もしかしたら」

直感でそう思ったわたしは、言っていた。

「天国にいる結珠名さんは、『ことだまメイト』を完成させようとしたんじゃないでしょうか」

「完成？」

「えっと、うまく言えないんですけど。はつなさんが書けなかった第十二章を現実の世界で起こすことで、この小説を完成させようとしたんじゃないでしょうか。結珠名さんは空の上できっと知ってたんです。はつなさんが自分と一緒《いっしょ》に第十二章を書きたかったこと。だから次の小説が進まないこと。きっと、『わたしも一緒に完成させるから、大丈夫だよ』って、伝えたかったのかも」

そうだ、と確信してるわけじゃない。だって結珠名さんには会えない。

でも、そうであってほしい。

「結珠名さんのその気持ちが、同じ名前で同じ願いを持ってるわたしたちを導いて、だからわたしたちは入れ替《か》わったんじゃないでしょうか。『ことだまメイト』の本とは、まったく同じ設定じゃなかったけど」

灯人先輩《せんぱい》も言っていた。

日本では大昔から、名前はその人の魂《たましい》と強く結びついてるって考えられてたって。『ことだまメイト』の本とちがって、わたしたちの入れ替《か》わりが朝読の十分間に限定されていたのは、ひょっとしたら「その時間だけならいいよ」って、ことだまの神さまに許されたのかもしれない。

だから、とわたしは口調を強めた。

「結珠名さんは、はつなさんに物語を書いてほしいんだと思います。これからも〝井馬ここ〟として、二人の夢を叶《かな》え続けてほしいって」

わたしは結珠名《ゆずな》さんに感謝してる。

そのおかげで、柚菜や灯人先輩《せんぱい》と会えた。

ブックトークをすることもできた。

物語みたいな出来事が起きたおかげで、わたしは自分の現実を変えることができたんだから。

「そんなこと考えたことなかった……」

はつなさんは栞《しおり》を持ったまま、両手で口元を覆《おお》い黙《だま》り込《こ》んだ。

沈黙《ちんもく》が続く。窓の外からは、ぽってりした雲が広がる空のもと、生徒たちのざわめきがかすかに聞こえてくる。

二人の関係を全然知らないわたしが、口を出し過ぎたかな。

「あの、すみません。全部わたしの空想なんで……」

慌《あわ》ててそう言ったとき。

雲の切れ間からすうっと一筋の光が差し込《こ》み、はつなさんの持っている栞《しおり》を照らした。

〝I'm《アイム》 here《ヒア》!〟

ああ、これってもしかして。

はつなさんとわたしの会話を聞いた結珠名さんが、「そのとおりだよ」って答えてくれてる……？　「これからも、そばにいるよ」って……。

そんな風に感じた。

「本当にありがとう」

はつなさんは涙《なみだ》を浮《う》かべた目元をきゅっとぬぐって、わたしにほほ笑みかけた。

「思ったんだけど、無理に猫《ねこ》を脱《ぬ》がなくちゃって頑張《がんば》り過ぎなくてもいいんじゃないかな」

「そう、なんですか？」

わたしは首を傾《かし》げた。

「本当の自分って、一つじゃないと思うんだ。誰《だれ》と一緒《いっしょ》にいるかによって変わったり、それって自然なことだと思うんだ。一本のリコーダーだって、押《お》さえる場所によって音色が変わるでしょ？　だから、たまに猫《ねこ》をかぶっちゃう自分だって、本当の自分の一部なんじゃないかな」

すぐにはピンと来ないその言葉の意味をグミみたいに味わおうとしたとき。

「あのー、『ことだまメイト』って本ありますか？」

カウンターの方から男子の声が聞こえた。

「あー、まだ戻《もど》って来てないのよ。予約する?」

フラワーさんが答える。

「はい。今日、朝読のブックトークってやつで紹介《しょうかい》されて、読んでみたくなって」

わたしとはつなさんは、思わず顔を見合わせる。

わたしのブックトークで「読みたい」って思ってくれた人がいたんだ……。

自分の好きなものを紹介《しょうかい》して、誰《だれ》かの心を動かすことができた。大げさかもしれないけど、そう感じた。

「ていうか、本借りてるのわたしだ! 早く返却《へんきゃく》しなきゃ」

わたしが返却《へんきゃく》しなければ、他の人がせっかく読みたいと思っても貸し出せないじゃないか。

「教室から、本取ってきます」

そう言って立ち上がると、

「わたしは、そろそろ帰ろうかな」

井馬ここは机の上を片づけ始め、すっきりしたような笑顔《えがお》で告げた。

「帰って早く、新しい小説書きたくなってきた」


昼休み中に本を返さなきゃ。ブックトークの三冊とも、わたしの机の中に入ってる。

駆《か》け足で教室に一度戻《もど》ると、

「あっ、帰ってきた！」

矢田《やだ》さんがわたしの机にちょこっと腰《こし》かけて待っていた。

「おもしろかったよ。今朝のブックトークってやつ」

「ありがとう」

照れくさくて、思わず目を逸《そ》らした。

わたしが猫《ねこ》をかぶってたこと、矢田さんはどう思ったんだろう。午前中も気になっていたけれど、友達に囲まれている矢田さんに自分から話しかける勇気はなかった。

「初奈さ、今からでももっと素を出せばいいよ」

「え」

不意に耳に届いたその言葉は、今まで教室で聞いたどんな言葉よりも、心に染《し》みた。

「これ、あたしのSNS《エスエヌエス》のID《アイディー》。よかったら見つけてフォローして」

矢田さんがわたしにメモを差し出したとき、

「あっ」

思わず声が出てしまった。

メモが水色のペンギン柄《がら》だったから。

一時間目の教室移動のときに見つけたあのメモと同じだ。

『ホントの友達がほしい』

あれは矢田さんの願いごとだったの？

でも、矢田さんがそんなこと思ってるはずないよね。だって、矢田さんは明るくて人気者で、言いたいことを何でも言えるキャラで……。

でも。その文字は、わたしのポケットのなかのメモと同じ、オレンジ色のペンで書かれている。

決めつけちゃいけない。

わたしだって、大人しいキャラを脱《ぬ》ぎ捨てたかったんだから。

願いごとは、本人にしか分からない。

「ごめん、これ落ちてた……」

わたしはポケットのメモを裏返して矢田さんに差し出した。

受け取った矢田さんは、一瞬《いっしゅん》気まずそうな顔をしてから、

「あー、読んじゃった？　うちのグループも、まあ色々《いろいろ》あるんだよね。別に気にしないで」

メモをひらひらと指先で振《ふ》りながら笑った。その口元は、苦いものを噛《か》みながら無理に笑ってるみたいで、見ているわたしの胸が痛んだ。

じゃ、と席に戻《もど》ろうとする矢田さんに、

「あのさっ」

勇気をかき集めて呼び止めた。

わたしが、その〝ホントの友達〟になれたなら……。

「矢田さんのことも、下の名前で呼んでもいい？」

# エピローグ

十二月。期末テストも終わって、冬休みを待つばかりの日曜日。

わたしはattikotti《アッチコッチ》までの道を歩いていた。隣《となり》にいるのは、灯人《ともと》先輩《せんぱい》でも柚菜《ゆずな》でもない。

「今日のブックトーク楽しみだな」

そう言う愛実《まなみ》からは、ベリー系の甘《あま》くて大人っぽい香りがする。ファッションは白いコートに編み上げブーツというおしゃれだ。

まさか、矢田《やだ》さんとブックカフェに行く日が来るなんて。一学期の頃《ころ》のわたしが知ったら驚《おどろ》くだろうな。

思いきって誘《さそ》ってみてよかった。教室で話したりSNS《エスエヌエス》でつながったりはしてる

けれど、愛実と学校の外で会うのはこれが初めてだ。

「今日ブックトークする人は、わたしがブックトーク好きになるきっかけをくれた人なんだ。だから、愛実にも見てもらいたいなって思って」

「初奈《はつな》ってすごいね」

愛実が感心したように言った。

「へ、何が？」

「だって他の中学とか高校にも友達がいるんでしょ？　あたし、学校以外の友達なんてほとんどいないもん」

クラスの中心にいる愛実にそんなことを言われるなんて。

「それは……」

何て答えよう。

愛実には、柚菜との入れ替《か》わりの話はしていない。はつなさんや灯人先輩《せんぱい》の気持ちもあるから誰《だれ》にも言わずにいよう、そう柚菜と決めたんだ。

「居場所はここだけじゃないって伝えてくれる本があったから」

わたしは前を向いて言った。

今日、事前に告知されているブックトークのテーマは〝ふたご〟。

灯人先輩《せんぱい》はどんな本をどんな言葉で紹介《しょうかい》してくれるんだろう。

結珠名《ゆずな》さんへの思いを込《こ》めた、灯人先輩《せんぱい》にしかできないブックトークになるんじゃないのかな。

一歩ずつ踏み出すにつれて、胸が高鳴っていく。

atti kotti《アッチコッチ》のまぶしいくらい黄色い扉《とびら》が見えて来る。

今日は柚菜やBTC《ビーティーシー》のメンバーも何人か来ると聞いていた。

どんな人や本に出会えるのかな。期待しながら、バナナ色の扉《とびら》を開けた。

# 【参考文献】

『だれでもできるブックトーク　2　中学・高校生編　素敵な本の世界を生徒たちに』村上淳子／編著　国土社
『うたと日本人』谷川健一／著　講談社
『みんなで図書館活動　この本、おすすめします！　3　本のCMを作ろう』『この本、おすすめします！』編集委員会／編著　汐文社
『中高生のための本の読み方　読書案内・ブックトーク・PISA型読解』大橋崇行／著　ひつじ書房

【3章に登場する本】
『絵とき　ゾウの時間とネズミの時間』本川達雄／文　あべ弘士／絵　福音館書店
『ピーター・パンとウェンディ』J・M・バリー／作　石井桃子／訳　F・D・ベッドフォード／画　福音館書店
『十年屋』シリーズ　廣嶋玲子／作　佐竹美保／絵　静山社

【6章に登場する本】
『ときめく貝殻図鑑（ときめく図鑑Pokke！）』寺本沙也加／文　池田等／監修　大作晃一／写真　山と渓谷社
『寝ても覚めてもアザラシ救助隊』岡崎雅子／著　実業之日本社
『旅する小舟』ペーター・ヴァン・デン・エンデ／著　求龍堂
『無人島に生きる十六人』須川邦彦／著　新潮社

『ガラスの封筒と海と』アレックス・シアラー／著　金原瑞人／訳　西本かおる／訳　求龍堂

【8章に登場する本】

『漂流郵便局　届け先のわからない手紙、預かります』久保田沙耶／著　小学館

【11章に登場する本】

『天空への願い』ＫＡＧＡＹＡ／著　河出書房新社

『日本の神さま絵図鑑　１（みたい！しりたい！しらべたい！）願いをかなえる神さま』松尾恒一／監修　ミネルヴァ書房

【12章に登場する本】

『見習い物語』上・下　レオン・ガーフィールド／作　斉藤健一／訳　岩波書店

こまつあやこ

東京都出身、神奈川県在住。学校や公共図書館の司書として勤務。２０１７年『リマ・トゥジュ・リマ・トゥジュ・トゥジュ』で講談社児童文学新人賞受賞。『ハジメテヒラク』（講談社）で日本児童文学者協会新人賞受賞。

# 12音のブックトーク

2024年6月25日　初版発行

作　こまつあやこ
絵　友風子
ブックデザイン　中嶋香織
校正　有限会社シーモア
発行者　岡本光晴
発行所　株式会社あかね書房
〒101-0065　東京都千代田区西神田3-2-1
電話　営業(03)3263-0641　編集(03)3263-0644
印刷　中央精版印刷株式会社
製本　株式会社難波製本

NDC913　244ページ　20cm×14cm

ISBN978-4-251-07319-8

https://www.akaneshobo.co.jp